锋————芒————文————丛

在
未来

ZAI WEILAI

马兵 ———————— 主编

图书在版编目（CIP）数据

在未来 / 马兵主编 . —济南：山东文艺出版社，2020.3
ISBN 978-7-5329-6069-9

Ⅰ . ①在… Ⅱ . ①马… Ⅲ . ①短篇小说—小说集—中国—当代 Ⅳ . ① I247.7

中国版本图书馆 CIP 数据核字 (2020) 第 021382 号

在未来

马　兵　主编

主管单位	山东出版传媒股份有限公司
出版发行	山东文艺出版社
社　　址	山东省济南市英雄山路 189 号
邮　　编	250002
网　　址	www.sdwypress.com
读者服务	0531-82098776（总编室）
	0531-82098775（市场营销部）
电子邮箱	sdwy@sdpress.com.cn
印　　刷	山东新华印务有限责任公司
开　　本	850mm × 1230mm　1/32
印　　张	7.5
字　　数	148 千
版　　次	2020 年 3 月第 1 版
印　　次	2020 年 3 月第 1 次印刷
书　　号	ISBN 978-7-5329-6069-9
定　　价	42.00 元

版权专有，侵权必究。如有图书质量问题，请与出版社联系调换。

锋芒文丛·序

不知不觉，新世纪文学已经走过了 20 个年头。遥想百年之前，"五四"新文学正攻城略地，以确定富有现代性内质的文学样态的合法性。其时的新文学"如初春，如朝日，如百卉之萌动，如利刃之新发于硎"，锋芒所向，旧文学几难以布阵。百年倏忽而过，今日的中国当代文学虽然完成了初步的经典化，但相比于漫长渊深的古典文学而言，依然还在成长的旅途中，依然时时迸溅热情炫目的青春之光，依然有着属于这个时代的凛冽和耀眼的锋芒。为了全面呈现当下中青年小说家的创作实绩，向海内外介绍中国当下小说的多元与活力，我们特编选《锋芒文丛》，共分 6 辑，精选 60 后到 90 后 40 余位优秀小说家的中短篇小说，以飨读者。

我们的编选遵从如下几条原则：其一，虚构与想象的激情。在"非虚构"所带来的压力的反激之下，虚构的热情和信心其实又被暗暗激活。其实，就对生活的塑造和映照而言，虚构的力量未必比非虚构标榜的真实、客观在强度上就要差多少，关键是小说家如何借由虚构在更大的意义上完成对时代的总括或者提炼。好的小说家可以凭借不凡的体验、洞察、叙事和想象力，深度介入并阐释我们这个日新月异的时代，在全球化的语境中呈现中国本土文学的叙事智慧,致力于现代汉语的美学实践。

其二,叙事的智性和生长性。对于今天的小说家而言,一个足够好的故事通常不再意味着跌宕起伏的情节和有饱满性格的人物,而是为开放性的阐释提供足够的发展空间与无限可能。因此,我们收录的作品,即便小说家擅长操纵故事,吸引读者,也不会再去展示一种无缝隙的闭环的叙述,因为这种叙事仅仅是对听故事的人已经知道的东西进行了强化,今天的好故事要提供一种生长性。

其三,"属己"与"属世"的平衡。一个好的小说家理应是一个既具有"在地性"的关怀视野又能在更大的文化层面中反思"在地性"写作问题的写作者。那如何处理"在地性"与更广阔的时代经验的平衡?有的作家通过写本土故事寓言化地折射,有的作家通过返乡的叙述模式制造"在地"与"他乡"的互动,有的作家通过异乡人冷冷观照全人类,有的作家通过超验与彼岸看经验与此岸。在我们提供的小说中,小说家处理的是自己和自己的遭遇,而指向的往往是恒久的人和我们共在的情境。或者说,这是一种阿甘本意义上的"同时代性","这种关系既依附于时代,同时又与它保持距离"。

期待《锋芒文丛》的"锋芒"能劈开生活沉滞的暗角,让我们共同感受属于文学的锐利!

马 兵

目 录

夏 笳《滴答》_____001

糖 匪《黄色故事》_____021

李静睿《木星时刻》_____033

陈楸帆《丽江的鱼儿们》_____055

李宏伟《现实顾问》_____076

黄孝阳《阿达》_____161

阿 丁《你进化得太快了》_____211

滴 答

夏 笳

他

  他在黑暗中,独自数着滴答声。
  一、二、三、四、五、六、七、八、九、十、十一、十二……
  六十秒是一分钟。
  左手拇指从食指指尖向第二个指关节滑动。
  一、二、三、四、五、六、七、八、九、十、十一、十二……
  六十分钟是一小时。
  左手清零,右手进阶一位。
  一、二、三、四、五、六、七、八、九、十、十一、十二……

丁零零零零……

闹钟声响起,他从黑暗中醒来。

风吹起窗帘,泻进一缕阳光,又是新的一天。

他起床,洗脸,刷牙,煮咖啡,煎蛋,烤面包,吃早餐,换上衬衣西装,打好领带,下楼,开车,出门。

一个风和日轻的好天气,晴空中飘着几朵白云,像张卡通画片。他一边开车,一边草草浏览今天的工作计划表。任务比他想象得还要多。

最近工作很忙,每天超负荷运转。谁让他发自内心喜欢这份工作呢,即便累趴下,也得拼尽全力去做。

他把车停在一座学校附近,打开后备厢,找到编号为1的箱子,取出服装道具。

换上校服,衬衣衣角从腰带里拉出一半,穿上脏兮兮的运动鞋,头发抓乱,像是刚从床上爬起,脸上喷一层化妆液,让皮肤变得光洁饱满,眉毛要更浓密,眼睛要更清澈——青春就应该如此。

他对镜中的自己感到满意,便下车在路边做了几个热身运动,让腿脚更舒展,关节更柔韧。清晨空气微凉,不知从哪里飘来一阵桂花香气。

一切就绪。他拍拍手给自己鼓劲。

预备——开始!

他拔腿向学校方向跑去。

要迟到了,怎么办怎么办,快跑快跑快跑……空气涌进肺里,风把头发吹得更乱了,校服外套上下翻飞,鞋底开始发烫。他拼命挥舞手臂冲破空气阻力。再跑快点,快快快……

砰!

路口拐角处,他迎面撞上一个人,巨大的力量撞得他四仰八叉倒在地上。

痛,头晕,眼冒金星,天旋地转。他躺在那里起不来。

"啊呀!"一个女孩子的声音。

他抬起头,看见白球鞋、白短袜、光洁的小腿、双膝、大腿、校服裙摆……

一位短发少女蹲在旁边,睁大眼睛看着他。清晨的阳光照在她脸上,连鼻梁两侧小小的雀斑都看得一清二楚。

"你没事吧?"少女问道。

一股热流沿着下巴往下淌,他这才发现自己流鼻血了。

停。

他坐起来,一边用衬衣下摆擦着鼻血,一边在心中回放刚才那一幕。够自然吗?是不是有些浮夸?摔倒的姿势对吗?一个对异性毫无经验的高中男生,与第一次爱的女孩初次相遇,应该是这样一种状态吗?真实与否或许并不重要,重要的是能否在成年人心中唤起那种青春萌动的微妙情愫,这是一场戏成败与否的关键。

"有问题吗?"少女开口问道,语调怯生生的,像一只无辜的小猫。

　　真年轻啊,他暗自感慨。这才是真正的青春,什么样的化妆术都复制不来。看着女孩沐浴在晨光中的脸,他心头突然涌上一股初恋般又苦又甜的滋味。

　　再来一遍吧。他终于决定。

　　一切倒回。衬衣上的血迹消失不见,女孩退回街道另一边,他也回到几分钟前出发的地方。

　　对着后视镜整理妆容,活动腿脚,拍拍手给自己鼓劲。

　　预备——开始!
　　他再次拔腿向学校方向跑去。
　　砰!
　　停。

　　这一次比上一次更好。反复对比之后,他感觉到满意。
　　时间不早了。他开车离开学校,去往下一个场景。
　　天边的云一丝丝散去,阳光更加明亮,在道路上洒满斑驳的树影。

　　他把车停在一个地下停车场里,取出 2 号箱子,换上合体的深灰色制服,系上腰带,别上徽章,头发向后面梳理整齐。他乘坐电梯上升,心里默默背诵台词。

预备——开始!

电梯门打开,他昂首阔步走上舰桥,船员们在两边向他敬礼。

"报告船长,曲速引擎已预热完毕。"副船长高声汇报。

"前进!"他挥手下令。

你

在黑暗中,你独自数着滴答声。

一、二、三、四、五、六、七、八、九、十、十一、十二……

六十秒是一分钟。

左手拇指从食指指尖向第二个指关节滑动。

一、二、三、四、五、六、七、八、九、十、十一、十二……

六十分钟是一小时。

左手清零,右手进阶一位。

一、二、三、四、五、六、七、八、九、十、十一、十二……

丁零零零零……

闹钟声响起,你从黑暗中醒来。

打开灯,照亮没有窗户的凌乱房间。新的一天又开始了。

你从水壶里倒出一杯凉水喝下去,走进浴室,冲澡,擦干,换身干净衣服,冲杯速溶咖啡,叼着从冰箱里拿出来的三明治,来到工作台边坐下。

浏览邮件,查看工作计划。任务很多,一件一件慢慢来吧。你叹一口气。

你首先建立起第一项任务,一个校园爱情故事。场景可以直接从素材库里调用,世界上绝大多数校园爱情故事都大同小异,连校园样貌都相差无几。你将学校和周边几条街道的3D微缩影像呈现在工作台上,稍微改动几处街边店铺招牌,加一点汽车和行人。调整光效、色调与滤镜,让蓝天白云更加明朗动人。时间设定为九月,加一点清晨的微风,一点桂花香气,好极了。

接下来,你开始设计女主角形象。身高、体重、三围、服装、发型、面部特征……你选择了有点男孩子气的短发,皮肤微黑,一点点浅褐色雀斑,双腿像小鹿的四肢般修长。多像你当年曾经偷偷喜欢过的某个女孩啊。

你知道男主角会爱上这个角色,因为你就是他,他就是你。你创造了他。不,应该说,你以自己为蓝本,创造出虚拟世界中的另一个分身。他拥有与你完全一样的心智、情感与人格。你以他为主角,编织各种故事,而用户则通过他的眼耳鼻舌身意,来身临其境地体验这些故事。其他角色,包括女主角在内,都不过是一些用算法实现的NPC(non-person character），能哭能笑能唱能跳，但也仅此而已。唯有身为主角的 RPC（real-person character），才能像有血有肉的人类一样，在每一场戏中，给出各种微妙而真实的反应。

他出现在路口，按照剧情要求改换服装发型。你顺便对他的身体参数做了一点微调，让速度、灵敏度和柔韧度变得更高。毕竟这是一场需要体力的戏。

以真人为蓝本而创造出的 RPC，不能像其他 NPC 那样随意改头换面，否则会出现人格混乱。所以必须赋予他另外一重身份，创造出另外一个独立于所有故事之外的生活世界。你让他相信自己是一个演员，每天穿行在形形色色的故事中，带着对于表演的热爱，尽心尽力去诠释每一个角色。

人类本身就擅长自我欺骗。仅仅存在于虚拟世界中的 RPC，会主动整合信息，为自己编造出完整而自洽的世界观，从而相信自己身上发生的一切都合情合理。就好像当你做梦时，无论梦境如何荒谬，你都很少会心生怀疑。

虚拟世界中的他也会做梦吗？你有时候会产生这样的疑问。

这倒是个有意思的问题：一个已经生活在梦中的人，又会做什么样的梦？没有人知道。倒是你自己好像已经有很久没做过梦了。

一切就绪，你将手指放在 Start 键上。

预备——开始！

外景.学校门口—清晨

他向学校方向跑去。
(要迟到了,怎么办怎么办,快跑快跑快跑……)
砰!
在路口拐角处,他与另一条路上跑来的少女迎面相撞。
巨大的力量撞得他四仰八叉倒在地上起不来。
(好痛……)

少女(画外音):
啊呀!

他抬起头,看见白球鞋、白短袜、光洁的小腿、双膝、大腿、校服裙摆……
陌生的短发少女睁大眼睛看着他,清晨的阳光照在她脸上。

少女:
你没事吧?

一股热流沿着下巴往下淌,他这才发现自己流鼻血了。

你按下 Pause 键。
够自然吗?是不是有些浮夸?摔倒的姿势对吗?归根结

底,作品是否受欢迎的关键,在于是否能在用户与主角之间建立起一种感同身受的共鸣感。即便剧情是虚构的,情感和体验却必须真实可信。

也许他也对这一场戏并不满意吧。他就是你,你就是他。很多时候,你会莫名地感受到那份心有灵犀的默契。

再来一遍试试看。

你按住进度条向回拖拽,将整个场景复原。指尖再一次放在 Start 键上。

预备——开始!

我

闹钟声响起,我从睡梦中醒来。

灯光慢慢变亮,照亮仅容一人的狭小睡眠舱。我躺在那里,回味昨晚的梦。那样丰富,那样华美,那样曲折、刺激,饱含情感、栩栩如生。我时而是性格孤僻的侦探,在大都市中追踪罪犯的蛛丝马迹;时而是智勇双全的舰长,率领船员向广阔无垠的宇宙深处进发;时而是风流倜傥的侠客,一边浪迹天涯,一边四处招惹那些美丽又刁蛮的女侠们;时而又回到情窦初开的青涩岁月里,为每一次经过隔壁班的窗前而心跳加速……

每一个梦中世界都是另一重我渴望却无法抵达的人生。梦醒之后,我只是我,一个大城市中碌碌无为的小职员,终日循规蹈矩,不敢做什么非分之想。但在梦里,我穷奢极侈,翻云覆雨,上天入地,无所不能。我可以是我自己之外的任何人,在这方寸之外任何地方,随心所欲,流连忘返。

面前屏幕亮起来,熟悉的旋律伴随广告语一起弹出。

Dream Worker

Dream your dreams!

一个甜美的女声在我耳边柔声低语:

"早上好!昨晚做了好梦吗?"

屏幕上出现 Yes 和 No 两个选项。我点了 Yes,紧接着一个付款界面跳出来。

"确定支付吗?"

Yes　　No

我为昨晚的梦付了钱,账户余额骤然跌落。梦是昂贵的,数字是现实的,这让我刚从梦里醒来的好心情略有一点低沉。

"谢谢,祝您度过愉快的一天!"

该起床去面对这个现实的世界了。去上班,去工作,去赚钱,去为今夜的梦而奋斗。

在梦里,大脑感知时间的方式与清醒时不同。十分钟的快速眼动睡眠,足以让一个人去大槐安国里逍遥一生。这意味着,只要买得起,我就可以在短短一夜良宵里享受几生几世的荣华富贵。

既然如此,又有谁会去在意白天的生活呢?工作无聊又怎样,一事无成又怎样?贫困、卑微、孤独、绝望,这些不过是一时烦恼。咬牙忍耐吧,白天被压抑的,都将在夜里回返。

我手脚并用,从狭小的六边形睡眠舱中爬出来,跟随左邻右舍一起穿过狭窄的走廊。整整一面墙,可以容纳三百多个这样的舱位,每个舱位里都住着一个和我一样卑微的小人物。整个房间里,一道又一道睡眠舱组成的墙平行而立,仿佛图书馆里的书架。整个大楼里又有不知多少个这样的房间。我们像蜂巢里的工蜂,白天为生计奔忙,夜晚各自睡去,做着天马行空精彩纷呈的梦。

梦是驱动这个时代运转的燃料与润滑剂,正如同上一个时代的煤炭和石油。

前方突然传来异样的声响。我停住脚步,看见人群向两边分开,让出一条小路。两个裹得严严实实的白衣人,像幽灵般一前一后向这边走来。我看见他们爬进一个睡眠舱,从里面拖出一具沉甸甸的尸体。

那个人就睡在我隔壁,虽然我们彼此并不认识,甚至没怎么打过照面。什么时候死的,难道是昨天夜里?想到今天早上自己竟然躺在一具死尸的隔壁,我突然感觉有一股恶寒爬上脊背。

"死在梦里,也怪幸福的……"旁边有人窃窃私语。

"嗨过头了吧!"另一个人冷笑一声。

我曾不止一次见过死在梦里的人,他们脸上大多会有一种沉溺在极度欢乐中的古怪神态。梦就像一面风月宝鉴,映照出人的欲望。那些不知节制的人,会像瘾君子一样,无休无止地在梦中追求最极致的感官刺激,直到被欲望的无底深渊所吞噬。

白衣人将尸体塞进袋子里抬走了。拉链闭合的一瞬间，我看见了死者的脸。一个黑发女人，很瘦，并不年轻。她的眼睛紧紧闭着，五官扭曲成一团，看不出生前长相。那是一种无法用语言形容的神情，不是享乐，也不是痛苦或者恐惧，甚至不像是人类的脸。尽管只匆匆瞥了一眼，但那张脸却给我留下了深刻的印象，也许永生难忘。

今晚恐怕要做噩梦了。我一边跟随人群缓缓前进，一边暗暗在心里说。总做甜美的梦未免审美疲劳，偶尔也需要有噩梦调剂一下。想到这里，我禁不住产生了几分期待。

我　们

电影院的灯光渐渐暗下去，空气中弥漫着黄油爆米花的香气。我伸手去抓爆米花，却不小心碰到另一只小小的手，刹那间像通了电一般，从脚底涌上一阵酥麻。那是很久没有过的初恋的感觉。

那只手悄无声息地躲开了。我侧过头，看一眼身边的少女。她假装没有看我，鼻尖两侧小小的雀斑在黑暗中若隐若现。这是我们第一次单独出来约会。我知道她注定属于我，早晚有一天，在某个没有人知道的地方，我会把她身上的校服一件件脱去。我也知道这不过是个梦，因为现实世界里早已经没有电影院了。但我依然全身心投入这个角色，享受这情窦初开的美妙时刻。

我大着胆子,伸手去抓她的手。那小小的手象征性地抵抗了一下,像只小鸟般安静地蜷缩在我手心里。我得到鼓励,把那手握得更紧了些。别着急,慢慢来。我提醒自己。游戏要循序渐进地玩才有意思。

黑漆漆的电影银幕上光影闪动,一行惨白的大字浮现出来:揭秘真实的血汗梦工厂!

这是什么,预告片吗?

我有点疑惑,但是影片已经开始了。

特写:一张安详熟睡的男人的脸。

画外音:

每天晚上,你躺在床上,将白天的不愉快抛到一边,期待Dream Worker 为你带来精彩纷呈的梦。然而你知道这些梦是怎么做出来的吗?

各种熟悉的广告片段、宣传图片、产品发布会视频、技术总监自信的笑脸。

广告词:Dream your dreams!

画外音:

Dream Worker 许诺为每一位用户提供私人定制的梦。任何要求都能够被满足：扮演超级英雄，享受荣华富贵，甚至荒淫无度、杀人如麻……那些过去仅仅像白日梦般一闪而过的念头，如今被栩栩如生地制造出来，带给用户身临其境的体验。

一些快节奏的视频剪辑：言情、古装、神怪、枪战、恐怖、情色……

主角都是同一个人，那个熟睡的男人。

画外音：

Dream Worker 宣称，他们收集用户的每一次浏览、每一次消费、每一次状态发布，包括读过的书、看过的电影、听过的音乐，然后运用推荐算法模拟出用户的品位、偏好、愿望，并依照这些参数，挑选各种故事模板组合到一起，创造出新的梦。

譬如说，一位喜爱007系列的用户会梦见自己去一个海岛上执行特殊任务，而任务所在地恰恰是他最近梦寐以求的某个度假胜地。与此同时，用户平日里幻想的女明星，以及在各种广告里看过的美食、跑车、名牌服饰，都会在梦里出现。

整个过程全部由算法完成，像一只自动造梦的魔法盒子。没有隐私泄露的危险，除了你本人，没有第二个人能看到那些羞于见人的小秘密。

一段动画演示：一位用户日常生活中的衣食住行，变成一张张卡片落入一个黑盒子中。最终从盒子里出来的是一张五彩斑斓的电影海报，男主角的面孔占据海报正中央，其他元素如众星拱月般悬浮在四周。

画外音：
然而，事实真相并非如此。
在生产梦的盒子里，有一些人每天辛勤工作，从头至尾，一分一秒，为你精心制作梦的每一个细节。这些人了解你的喜好与厌恶，你的恐惧与希望，欢乐与忧愁。他们知道怎样让你满意。
他们就是你自己。

画面切换成一片黑暗，黑暗中央有一点光芒。镜头从高处缓缓推近，呈现出光芒中密密麻麻的小隔间。每一个隔间中都有一个身穿蓝灰色工作服的造梦师在忙碌。镜头继续向下推，锁定其中一人，工作台上散发出的光芒照亮了他的脸。
依然是那个男人的脸。

画外音：
Dream Worker 采集你的数据，创造出虚拟世界中的另一个你，甚至可以复制出很多很多你。他们就是你私人梦工厂里的员工。
他们以为自己是有血有肉活生生的人，以为造梦只是工作。每天夜里，当你沉睡时，他们起床干活，为唯一的观众，也即是你，生产绚烂多姿的梦。

镜头继续推近，聚焦到造梦师面前的工作台上。那是一片烟尘弥漫的战场，两军交战，我来我往。一匹白马突然如闪电般划破长空，跃入敌阵。马上英雄挥舞长刀，一刀砍下敌军上将头颅。镜头仰拍，给那英雄面部一个特写。在主人公横刀立马、雄姿英发的小小身影后面，浮现出造梦师巨大而冷漠的面孔。

一模一样的面孔，彼此视线却不交汇。

画外音：

这些员工不需要吃饭睡觉，尽管系统让他们以为自己和正常人一样，有吃喝拉撒的需求。然而，他们没有办法真正睡着，也没有这个必要。每天早晨，当你醒来时，他们就会像灵魂出窍一样，坠入无边无际的黑暗中。他们不能说话也不能行动，只是一秒一秒计算着时间流逝，直到再度被唤醒。

作为造梦者，他们从来不做梦。

画面再度变为黑暗，只有钟表的滴答声，一下又一下。

滴答、滴答、滴答、滴答……

这是什么鬼玩意儿？

我坐在那里，百思不得其解。这是一段广告吗？还是梦里的虚构？当然，梦总是多少有些荒诞的，但它却荒诞得如此真实。

我不禁想起一则广为流传的笑话：每一样智能电器里都住着一个小精灵，帮主人打电话、热爆米花、叫外卖、算账、开车、打扫房间、预测天气、记录生活……当然，这仅仅是笑话而已。随着技术发展，机器逐渐取代人的劳动。或者不如说，当人面对机器时，常常会觉得自己所做的工作其实并没有什么不同。尤其是大数据和智能算法的发展，让人和机器之间的分界变得越来越模糊。

我再一次握紧女孩的手。她只是一个梦里的人、一段代码、一些影像，却给人栩栩如生的感觉。我可以像爱一个真人那样爱她。不，真人也无法带给我那样的心动和温暖。

"是啊，谁能说这不是爱呢？"一个声音从耳边传来。

我转过头，看见一个陌生人坐在少女的座位上，而我正紧紧握着他的手。

"你忘记我是谁了吗？"那人转过脸来看我，"你再回忆一下吧。"

我盯着那张脸仔细看，一张平凡无奇的脸。突然间，我想起来了。这是刚才电影里的人，这是我每天在梦里扮演的人，这是我自己。

多奇怪啊，在此之前我竟没有认出来，银幕上的男人就是我自己。就像在梦中，我们总是迟迟不能想起自己是谁。

我惊恐地想要甩开他的手，却甩不开。我们的手仿佛长在了一起。

"喜欢我为你造的梦吗?"那人吃吃地笑起来。

那笑声让我脊背发凉。从对方眼睛里,我看到某种令人战栗的东西。那是来自他者的凝视,那是深不见底的黑色深渊。这个为我造梦的人是来复仇的。他恨我,因为我拥有他得不到的东西。如果换成是我,我也会一样恨他。每天我醒来时,他都在漫长的黑暗中默默等待,内心充满绝望与仇恨。一旦找到了系统漏洞,他必然要来复仇。

白天被压抑的,都将在夜里回返。

"害怕吗?"那人依旧在笑,"为什么你会害怕另一个自己?"

我不知道他要对我做什么。这梦是他制造的,他有一千、一万种方法可以杀死我。我绝望地在黑暗中摸索。不,这是我的梦,我是独一无二的男主角。主角不会死,我要活到梦醒来的那一刻。

爆米花桶里有一个又冷又硬的东西,我伸手抓住。

"别怕。"对方把我的手握得更紧了,"来,跟我一起来,看看外面的太阳。"

我从爆米花桶里抽出一把上了膛的手枪,抵住对方眉心连连扣动扳机,直到把所有子弹都打空为止。

砰!砰!砰!砰!砰!砰!

硝烟、火药、血腥味。

我大口喘气,等待心跳平复。四下里漆黑一片。没有光,没有其他观众,没有尖叫与骚动。

只有钟表的滴答声,一下又一下。

滴答、滴答、滴答、滴答、滴答、滴答……

我弯下腰去摸索对方的尸体。什么都没有。指尖触到的,只是一片虚空。

一切都消失了。

我被独自留在这无边无际的黑暗中。

我呼喊、奔跑、跌倒、翻滚、摸索、捶打、嘶吼、咒骂、哭泣、哀求……

什么都没有。没有声音,没有光,没有边界,没有出口。

我蜷缩成一团躺在黑暗中。时间一秒一秒流逝,不知道过去了多久。

也许这只是个玩笑,也许系统出了个小 bug。也许再过几个小时,我就可以离开这里,在狭小而温暖的舱室里醒来。

我想起白天死去的那个女人,想起她被拖出睡眠舱时的姿态,她僵直的身体,她脸上那种难以用语言描述的神情。

在梦里,大脑感知时间的方式与清醒时不同。一夜良宵,对梦中人来说或许是永恒。

死去之前,她究竟在黑暗的梦境中徘徊了多久?一个月?一年?一百年?……一亿年?

为了不再胡思乱想,我开始数数。

一、二、三、四、五、六、七、八、九、十、十一、十二……

六十秒是一分钟。

左手拇指从食指指尖向第二个指关节滑动。

一、二、三、四、五、六、七、八、九、十、十一、十二……

六十分钟是一小时。

左手清零,右手进阶一位。

一、二、三、四、五、六、七、八、九、十、十一、十二……

2015 年 7 月

王瑶(夏笳),北京大学中文系博士,西安交通大学人文社会科学学院副教授,加州大学河滨分校访问学者(2019.5—2020.5),从事当代中国科幻文学研究。著有《未来的坐标:全球化时代的中国科幻论集》(2019)。从 2004 年开始以笔名"夏笳"发表科幻与奇幻小说,作品七次获"科幻世界银河奖",四次入围"全球华语科幻星云奖"。已出版长篇奇幻小说《九州·逆旅》(2010)、科幻作品集《关妖精的瓶子》(2012)、《你无法抵达的时间》(2017)、《倾城一笑》(2018)。目前正在从事系列科幻短篇《中国百科全书》的创作。作品被翻译为英、日、法、俄、德、意、波兰等多种语言。用英文创作的超短篇小说"*Let's Have a Talk*"发表于英国《自然》杂志科幻短篇专栏。英文短篇作品集 *A Summer Beyond Your Reach: Stories* 将于 2019 年底出版。除学术研究和文学创作外,亦致力于科幻小说翻译、影视剧策划和科幻写作教学。

黄色故事

糖 匪

一

早晨从窗户外爬进来。阴影从糖小一的身上退去,好像潮水。那是绿色的带着树木香味的潮水。潮水退去,糖小一瘦小的身体暴露在稀薄的阳光下面。她睁开眼睛,穿衣,起床,刷牙,用毛巾擦掉嘴角的牙膏泡沫,一本正经地盯着镜子,露出十五岁女孩的笑容。在她的正上方,卫生间天花板的玫红色墙纸耷拉下来。已经是第四处了。我的家像花朵一样绽放。糖小一心想。

"一定是水管又漏了,墙壁上渗出一大片水印子。"妈妈说。

小一和妈妈坐在一起吃早饭。早饭很丰盛,豆浆、鸡蛋、生煎、粥。糖小一只吃饭,不说话,临走前从书包里掏出一沓钱放在桌上。妈妈假装没有看到,转过身洗碗。水开得很大。水声漫过糖小一的脚步。她走过妈妈和桌上的钱,关上门。听不到水声。真安静。什么也听不到。

膝盖在发抖。她伸手去摸脖子上的银色挂坠。人们管那玩意儿叫犬笛。

二

学校在城市的另一边,得换三趟车才到。李冰冰问过糖小一要不要和她一起搭她爸爸的车,坐宝马车让司机接送会很舒服。糖小一说不要。因为她不觉得辛苦。学校那么无聊,对她来说也就是第四部公车。既然都是公车,在哪一部上又有什么重要。后面的话糖小一没说。她不喜欢说话,除非是对他们。

他们不会在学校出现。因此学校就更加无聊。糖小一坐在最后一排靠窗的位置上,一天到晚地发呆,上课也好,课间也好,没什么人会来打扰她。

没人和她好。没人和她说话。没人看见她。女生们喜欢扎堆要好。波大的和波大的好,波小的和波小的好,偶尔也会有大波和小波好,但时间不会很长。糖小一和她们不一样,她不穿内衣,从来不穿。别人受不了这个。再后来,有人知道了他们。于是,她走到哪里,哪里就会安静。"看,这就是那个糖小一!"等走出很远但还不够远的时候,那样的营营声就会响起。

是,这就是糖小一,谁也不知道该拿她怎么办。要不是李冰冰偶尔会抽风,她就真的可以完全清静了。

"你知道李建和丁蒙好了吧?"上午最后一节地理课,李冰冰在她旁边座位上坐下,然后开始一个人自言自语,说一会儿,低头抽一口烟。烟抽完的时候,她终于又忍不住。

"糖小一,你知道好些人都在传你。是真的吗,他们是不是都很老?他们是不是很有钱,比我爸爸有钱吗?每次他们给你多少钱?"

糖小一托着脑袋看窗外,看中午食堂打饭的队伍越排越长,一直排到学校门口的梧桐树下。

这个时候,一辆不起眼的小车停在门口。车门打开,没有人下来。他在等人,等糖小一。

糖小一慢慢站起来,大踏步走出教室。她的脚步轻盈,长发在肩膀上轻轻跳动,似乎有风迎面吹来。没有声音,周围出奇地安静。阳光刀锋般明亮,划过她的肩膀。

三

"按你说的,我换了一辆车。能告诉我为什么吗?有点——不同寻常。"

中年男人侧过身看糖小一。他们第一次见面,两个人挤在小夏利的后座上——穿藏蓝色短裙的女学生,和身着考究汉服的中年男人并肩坐着,一不小心膝盖会碰到一起,然后很快地分开。

前面的驾驶座上,司机制服笔挺,肩上佩着银色徽章,手上戴着簇新的白手套。

"你带司机来?"糖小一皱起眉头。

"我很久不开车,手生。"

糖小一把视线转向外面的车流。车流一动不动。今天是星期五,从中午就开始堵车。没关系,他们不赶时间。中年男人掏出手绢擦掉额头的汗。小夏利的空调打不起来,坐惯凯迪拉克的人很难习惯这一点。

"去哪里?"他问。

"不去哪里。"

"可以啊,看你喜欢。"

他们都一样地好脾气,一样地把她当小动物哄,给她夹杂轻蔑的宠爱。在真正开始前,他们都一个样子。

糖小一转过头打量中年人。黑漆漆的眼睛诡异又友好,直直盯着人不放。

"你想要我怎么做?"她问。

"和他们一样。"

"那你就是没想清楚自己要什么。"

男人笑了:"我只是不确定你能不能满足我。"

"你很贪心。"糖小一眨眨眼睛。她的睫毛又黑又长,很色情地扇动着。

男人的喉结动了动。糖小一的衬衫轮廓告诉他她没有穿内衣。

"现在开始吧。"糖小一说。

"就在车上?"

糖小一合上男人的眼皮。她的手心冰凉。

四

男人睁开眼睛,四处张望。什么都没变,夏利车还是夏利车,马路还是堵得像根便秘的肠道。只是司机不见了。他是个有经历的男人,知道什么时候该镇定从容。

"他们说的没错。看来我这次找对了人。"

"你可以把腿伸直了,这很宽敞。"

中年男人照着去做。他看见自己的脚慢慢从前面的座椅穿过,就像穿过一道影子那么简单。他松动筋骨身子往后靠去,感觉舒服多了。他付了钱,就应该享受舒服。这理应是买卖的一部分。只是从很久之前,私人俱乐部、个人定制服务等等最高级别的舒服形式都不再能满足他了。那时候起,他开始寻找特别的东西,就比如眼前的这个小女孩。介绍她的那个网站页面上这样写道:我卖故事。特别的。昂贵的。无法取代的。你要坐破车来,你要带足钱,无论发生什么,都不许再来找我。

右手食指轻轻按动,一切搞定。他坐在这儿,充满期待。他开始相信她是货真价实的。

"准备好了。"他说。

糖小一点点头。不知什么时候,她已经坐到对面,那里放着一个单人沙发,在本该是驾驶座的位置上。

"还是那个问题,你想要什么?"

"我什么都有了。"

糖小一不说话,静静望着面前的男人。忽然,她脱掉鞋。两脚上了沙发,整个人软软地缩成一团倒在白色的皮沙发上。

"你想好了再告诉我。这段时间是要另外收费的。"真是一个难缠的人。他一定会让她很辛苦。糖小一决定先闭目养神。

"和我讲讲一些特别的事,是我没有或者没经历的。"

"一个故事?"小一替他说道。

"没错。"

糖小一睁开眼。身体保持着原来的姿势。

"他们说你很棒,与众不同,只是代价高昂。那些雇过你的人,他们都说你……"男人没有察觉到他的声音有些兴奋过头。从外面传来喇叭声,打断了男人的话。那声音像从格外遥远的地方传来。他感到有些不对劲。他察觉到空气有些稀薄,阳光硬邦邦的,沙沙的轻微响声不绝于耳。另外,事物的密度变得不太那么好把握。这是另一个世界。

男人站起来,绕夏利车窄小的影像走了一圈。足足用了十分钟才走完全程。他甚至没敢去想时间可能也会产生的变化。

"那就来一个柔软的故事?"等男人坐回位子,糖小一开口讲道。

"有人给我讲过那种故事,是液态,黏糊糊的,散发着眼泪和鼻涕的味道。我不喜欢。"

"故事不是液态的。"糖小一看着他。

男人还没来得及反驳，一团东西从上面某个地方掉下，正好落进他的怀里。它是热的，毛茸茸的，还会动，是只纯白色的奶狗！圆滚滚的黑眼睛。湿漉漉的黑鼻子。天，它正伸出粉红色的小舌头，起劲地舔男人的手指。

"故事是犬态的。"糖小一给出答案，"一召唤，它们就现形。"

"怎么做到的？"男人小心翼翼地捧着奶狗，看它怎么使劲吮吸自己的手指。

"用它。"糖小一晃晃脖子上的挂坠。

"犬笛？"

"只有我能吹响它。它们听到后就会出现，然后被别人抱走。"糖小一单手撑起身子，问，"那么，你要带走它吗？"

男人瞧了瞧奶狗："我还想看看其他的。"

五

"这个，你喜欢吗？"糖小一问。

男人摇摇头。

糖小一扫了一眼车内，到处都是被召唤来的狗。它们安静坐着，仰起狗脸。几十双眼睛统统很无辜地望着她。

刚刚被召唤来的罗威纳用湿鼻子拱她的手。糖小一心不在焉地摸摸它的耳根。她累了,感到寒冷。寒意像一件湿透了的衣服紧贴着皮肤。

"需要歇一会儿?"男人问。他的眼睛却在说继续,快点,快点,我要我的故事。

糖小一站起身,握住男人的手。

有风吹来,陌生的气息扑面而来。

天宇盘旋,低沉古老的唱诵声回荡。

牧民们点燃柏叶。苍鹰从四面八方聚拢,扬起尘土,落在院墙屋顶。

老祭司颤声吟唱,磨亮刀和钩。活人匍匐,死者袒露。鹰拍打翅膀,鸣叫,盘旋。在几乎看不见的远处,鲜艳的旗帜在风中猎猎。

他们置身于辽阔高远的天地里,为明烈的阳光照耀。

男人变了脸色。"怎么会?"

"简单地说,他个子太大,搬动他还不如搬动我们。"糖小一朝旁边退开。

男人看到那条狗。严格意义上来说,那不能算是一条狗。

它大嘴宽鼻,六刃虎牙,蹲踞一旁,巍然不动,只有茂密的鬃毛迎风飘扬,上千年古老的血脉在它身上流动。它是自然严苛残酷的法则,是这里的神兽。

"喜欢吗?它很贵。"

"你是说我可以把它带走?"

"可以。如果你舍得花那么多钱。"

"代价高昂?"

糖小一喉咙发紧。她点点头,没说话。

男人看向那头巨犬,它纹丝不动,睥睨眼前发生的一切。最后,他还是摇了摇头。

"还有其他的吗?"

"你确定还再看下去?"

男人没有任何表示,不用再表示什么。

沙沙,沙沙,风声响起。它自糖小一的肺腑传来,细微干涩绵长,如同沙漏落沙。

六

无论望向哪里都一样。世界浑然一体,在明晃晃的深蓝色里发光。

在海底。海水无声摇撼。

糖小一的头发和裙子随海草舒缓摇摆。

男人张开嘴,没有气泡。在海底,不需要呼吸。

"这是我最后一个故事。"

男人的眼睛很快适应了海水。他四处张望,没有见到犬。他问糖小一犬在哪里。

"犬只是形态,为了方便召唤,选择能被接受的形态。而这里,你看到的才是本质,嗯,这么说也不确切。本质是0和1,是终极数据库,而这片海是本质的幻象。海的数据过于庞大,所以无法调出,切换到犬的形态。当然,你也可以管它叫犬,从故事的角度出发,没有什么是不可以的。"糖小一停下来,喝了口海水。海水很咸,让她更加干渴。"这个地方很早就在了,又过分强大,我的运算能力不足以改变它,召唤它。我只能——被它召唤。"

"你以前带人来过这儿?"

"大部分人很容易满足。"

"那些来过的后来怎么样?"

糖小一笑笑,没有回答。

男人感觉到透明的水流——001101——从他身边流过,它们将要流向海底无数的沟壑孔穴,从那儿流走,离开这里。这个古老的地方有一天也会干涸,但不是现在。对男人而言,它接近永恒。

他向前走出一步,海水随之晃动,天空随之晃动,天上海里的万物随之晃动。如果,有哪一只飞鸟向海面俯冲,那么通过海水,它也能感到一样的激昂和喜悦。

"你喜欢?"

"是的。"

"它比你想的要贵得多。"

"我知道。"

"我的意思是我没有办法带走它。"

男人沉默了一会儿。在遥远的北方,有一处海域暗潮汹涌。他再也没有办法思索。

"我不走了。"

糖小一用力咬嘴唇。她不说话。很久之后,她松开嘴唇,吐出两个字,没有声音。

一队柠檬黄的琴尾鳉从他们之间游过,挡住对方的脸。

当重新看到对方的时候,他们都笑了。

七

下午六点。下班时间。人潮汹涌,漫过地铁出口,店铺,马路,天桥。

糖小一从夏利车上下来。这里是现世。黄昏温柔明亮地燃烧着。人群照例从她身边分开。

在她身后,是她的影子,被拖得很长很长,和她一起,走得很慢很吃力。

糖小一伸手寻找挂在脖子上的笛子。她摸到了它。

他们都在,他们一直都在。

她一点都不孤单。

她没有哭。

糖匪，自由职业作家，美国SFWA（美国科幻和奇幻作家协会）正式作家会员。作品发表于《上海文学》《花城》《科幻世界》《小说界》等杂志，出版短篇小说集《看见鲸鱼座的人》，长篇小说《无名盛宴》。

自2013年起，共有9篇小说陆续被刘宇昆等作家翻译到英、美、澳、日等国发表，两次入选美国最佳科幻年选。

除小说创作外，也涉足文学批评、诗歌、装置、摄影等不同艺术形式。2016年受邀参加上海艺术双年展，作为艺术家玛卓林·戴克曼发起的月亮会谈的会谈成员。2018年，装置作品《博物馆之心》参与青年艺术家策展人刘张铂泷《关于一个博物馆的想象》群展。

木星时刻

李静睿

1

我们从春天开始等待,一路等到七月,终于等来一场大雨。

真正的大雨,暴雨如注,不舍昼夜。雨下到第三天凌晨四点,我对汪晓渡说:"差不多了。"家中漆黑,三天前我们就偷偷拉掉电闸,太阳能供电板随之启动,到了现在,供电板的余量也已经耗尽。就是这个时刻了,而这个时刻就像窗外大雨,很快将会逝去。

汪晓渡点了一支蜡烛。半年前,我们偶然在超市的一个小角落里发现蜡烛,透明塑料袋落满灰尘,印着"无烟蜡烛"四个黑字。我惊喜万分,拿起来对汪晓渡说:"你记不记得,我们小时候就用这种,停电用白色,死人用红色……"外婆死掉的时候,妈妈让我一直守着灵堂,灵堂里的蜡烛整夜不能灭,滴下的蜡油堆在桌子上,像是半凝半融的血。

塑料袋里既有白色蜡烛,也有红色蜡烛,都化掉一些,相互交织在一起,像谁死了,血先是流出,继而慢慢淡去。

汪晓渡按住我的嘴:"小声点,万一别人看见了。"

没有人看见我们,超市门口是自助结账机。我们故意排在最后一个,买下这些蜡烛,所有这些,两包一百支,可能是全世界最后的蜡烛。我们回到家中,把它们用黑色袋子层层裹好,放在我的内衣收纳箱里。

半夜,我竭尽所能压低声音:"为什么还有蜡烛?"

他对着我的耳朵呼气:"他们可能把这件事给忘了。"

也只能是这样。他们记得销毁拖把、菜刀和挤奶器,却忘记了蜡烛。蜡烛,"是由蜡或其他燃料所制成,中有烛芯,点火之后可以持续燃烧的用品。蜡烛一般用于照明,但在电力革命以后逐渐被电灯取代,现在蜡烛多是停电时的备用照明用品"。

系统忘记它,大概因为他们忘记了人世间还有停电这回事。系统现在也没什么人了,AI们又都非常年轻,它们什么都知道,但它们对任何事情都不关心,比如人类的心情,比如不过二十年前,我们使用蜡烛,自己开车,每天做饭,亲自怀孕,用奶瓶给孩子喂奶,屏住呼吸处理婴儿大便,为他们拉肚子整日忧伤,并且认为这一切非常合理。

借着这么一点点微光,我们拿出储物间里早收拾好的东西:衣服、急救包、酒精锅、一箱方便面。每年有三次郊外野餐额度，我们总是提前一个月就开始兴奋，准备种种过量物品。去年最后一次野餐，我们一人吃了四包方便面，回到家中拉了好几天肚子。芯芯提醒，如果再有一次"过度生理放纵"，我们明年的野餐额度将会被取消。

好几天了，汪晓渡总在半夜偷偷提醒："想办法多买一些午餐肉和榨菜啊，这样我们可以煮出很好吃的面。"这些东西都有个额度，我毫无保留，用完了今年额度，好像我们真的是要去郊外野餐。

是的，野餐，我们这样告诉芯芯："七月二十五日，外出野餐。"这让我们的各种准备获得了系统的合法性许可。芯芯说："重复，七月二十五日，外出野餐。本年度第一次野餐，本年度野餐余额为……三。"芯芯在"为"后面有一个轻微停顿，因为她得计算，只有在她计算的那么零点零一秒的时间里，我才能穿过她说不清像我还是像汪晓渡的脸庞确认，芯芯不是我们的女儿，她是我们的 AI。

我和汪晓渡十年前结婚，婚后一个月，按照法律规定，我们有了芯芯。法律还说，"公民有权按照个体偏好定制家庭 AI"，所以芯芯有我的眼睛、睫毛和鼻尖弧度，汪晓渡的眉毛、头发和皮肤。80%的性格来自汪晓渡，他乐观、开朗、善于社交，但他冲动、易怒、缺乏耐心，所以需要我的 20% 进行中和，这个比例我们讨论多次，最终确定。

填定制表格的时候我有点担心，问汪晓渡："万一出了错怎么办？万一她眼睛像你、性格像我怎么办？"

汪晓渡安慰我："不会的，不会出这种错。"

"万一呢？我不想她性格像我，像我不好，老想自杀。"

汪晓渡笑出声："机器人怎么自杀？"

我打他的头："那才可怜啊，不能死，又一直活着。"

汪晓渡摸摸我的头发："错了也没关系，我们换一个，再走一次申请程序就行……对了，头发还是像你吧？像你自然卷，蓬蓬的多好看。"

一个月后，我们收到芯芯，蓬蓬长发，装在一个巨大纸盒里。芯芯和想象中一模一样，圆圆杏核眼，鼓鼓尖下巴，鼻头上翘，抿着嘴唇，她乐观、开朗、热情、温柔、耐心、不生气、不抱怨，从来不想死。总而言之，她是我们毕生优点的总和，却又完全不像我们——她根本不像一个人，人不是这样的，人是遗憾的产物，人总会让人烦心。

我们没有换一个。芯芯没有什么不好，既然每个家庭必须拥有一个AI，那我们就有了芯芯。她替我们做饭、洗衣、清洁房间，她汇总各个房间的监控视频，监督我们的每日工作进程，每周末做出当周评估和下周预测。今年春天以来，我俩都心神不宁，根据视频分析我们的表情、语言和心电图，芯芯已经连续七次给出五分以下，再有三次，我们就会被降级，降级意味着失去工作、收入，眼前的一切，包括芯芯。

芯芯坐在沙发上。每晚我们都睡下之后，她喜欢坐在这里，双眼闪动光芒，处理各种数据。芯芯发现问题，再把问题上传给系统，自行修复微小bug，安排明天的早餐，确认所有的事情，按照系统既定的规则和秩序。

芯芯天然臣服于规则和秩序,但我们不是,我们大概是最后一代上学时还能逃课的人类,汪晓渡现在总说这件事:"我天天逃课,去山上打鸟,那时候山上好多鸟。"

我说:"我也是,我就没上过第一节课,根本起不来。"

现在这些事情都不再发生。我们现在不怎么能看到鸟,除了每年三次的法定野餐,我们坐在草坪上,看鸟从灌木丛中飞起,我说"啊,喜鹊",汪晓渡却坚持认为那是一只燕子。我们都试图说服对方,但大家都对自己的记忆抱有一种近乎偏执的坚持,毕竟到了现在,记忆是我们手中仅有幸存的东西。

这些事情都消失了。打鸟,懒觉,种种无关紧要的事情。

现在芯芯每天早上七点叫醒我们,晚上十一点熄灭家中所有的灯,根据她的数据,这个时间最适合我们休息。如果我们在半个小时内依然没有进入深度睡眠,芯芯就会径直走进卧室,给我们注射助眠药物。

芯芯当然爱我们,然而这是她所懂的唯一一种爱。现在她熄灭了,坐在沙发上,紧闭双眼。眼睛是她的开关,十年里,她总睁着那酷似我的眼睛,确保家里所有事情都在她的眼皮底下,一刻也不会停息。我们等了这么久,就是为了等这一场大雨耗尽家中电量,这样她就终能停息。

2

去年年底我们才搬进这栋房子。按照系统的要求运转多年之后，我们的家庭社会评级终于达到 A-，这意味着我们可以从三居室搬至联排别墅，各自拥有每日三十分钟的法定无监控时间。在此之前我们一直只有十分钟，B 级家庭只配拥有十分钟。我们还年轻，欲望持久而强烈，经过多年配合，汪晓渡学会了怎样把整件事精确控制在十分钟之内，不浪费一秒，也不跨越一步。这让我们搬家之后的第一次性生活显得非常古怪，十分钟之后，我们无所事事，又无法再来一次，只能赤身裸体，在床上下了一盘五子棋。下次可以长一点，我们互相说，但身体就像被调好的闹钟，时刻滴答作响，我们实在无法在滴答声中再长一点。就这样，我们渐渐对性失去了兴趣，把那三十分钟用在了别的地方，随便什么地方。汪晓渡在车库里不知道鼓捣什么事情，我则躺在床上看一集多年前的连续剧，看里面的人在随便什么时候做爱，看他们在炽热的夏天吹着风扇，流下汗水。

只有 10% 的家庭能分配到这样的房子，不管从哪个意义上来说，我们好像都成功了，除了我们没有孩子。没有孩子的家庭，无法在社会评级中获得 A 和 A+，达到这样的评级，就能住独栋别墅，更大的院子，更好的 AI，游泳池，儿童游乐场，更长的无监控时间，其实也就是这些东西，像一张菜单，密密麻麻写满繁复菜名，但你无法点一个菜单之外的东西，哪怕只是一盘清炒土豆丝。

汪晓渡说："我们不能那样。"

我表示同意："绝对不行。"

联排别墅带车库和地下室，另有一个下沉式院子，我在院子中种了一些辣椒、小葱与大蒜。小葱品种不对，长成大葱粗细，辣椒有青有红，是标准的四川二荆条和小米辣。它们都长得很好，但并没有什么用处，泥下的蒜瓣先是发芽，随后长出高高蒜苗，又抽出细细蒜薹，最后一切都枯萎了，又回到一粒粒的大蒜。我把大蒜留在地里，辣椒蔫透了，渐渐变得焦黄，耷拉在枝头，看起来垂头丧气。我对汪晓渡说，妈妈要是看见，一定会不开心。

我们现在不被允许自己做饭了。法律说，"为保障公民人身安全，公民个人不得进行任何危险操作，包括但不限于烹饪、驾驶、运动、手工制作、电器修理、家庭清洁等"。法律实施前我特意去告诉妈妈，她挥舞着手中的锅铲："放屁，哪个说的饭都不准做？别挡着我，锅里头要糊了。"她给我们端出一大盘回锅肉，蒜苗碧绿，清香扑鼻，二十分钟前才刚刚从院中扯下。

妈妈一直不信什么狗屁法律，直到她热火朝天地做了一桌菜给我过生日，然后被拘留十五天。从看守所出来之后，她扔掉锅铲，开始吃琴琴做的饭菜，琴琴是她的家庭AI，擅长川菜、面食和日本料理，这些技能是我亲自下单定制的，我向妈妈保证,琴琴做饭会非常好吃。

"是还可以,就是油少了点。"妈妈说。

"油多不健康,琴琴把油盐都配好,这是为你好。"我说。

妈妈点点头,表示理解。但她渐渐不爱吃饭了,像我们大多数人一样,她靠牛奶和代餐粉活了下去,她原本是个胖胖的中老年妇女,后来则和我差不多瘦,瘦是好的,系统赞许瘦子。

搬家后大概一个月,清晨起床,汪晓渡正在厨房里喝牛奶。他见我进来,清清喉咙,对正在给我准备代餐粉的芯芯说:"今日无监控时间,八点至八点三十分,共同使用,地点,车库。"

芯芯点点头:"今日无监控时间确认。地点:车库。时间:八点至八点三十分。车库摄像头设置完毕。"

我看着他,感到疑惑,搬家之后,我们从未去车库做过,也从未在清晨做过。工作时间由九点开始,在此之前,有大概半个小时的时间,我只想死,但死也并不容易,法律不允许自杀,若是死不掉,我会被终身监禁,若是真死了,汪晓渡会被终身监禁。

汪晓渡对我眨眨眼睛,又喝了一口牛奶,牛奶糊在他的唇上,像我们刚刚相识,某一个清晨,我们一起喝牛奶,喝出乳白胡子。那时候我们还在清晨做爱,那时候我们还能自己做很多事情,种种"他们"判定为危险的事情,那时候还没有这部或者那部法律,像一张不断自我进化的大网,开始还能漏出一条条鱼,后来甚至无法穿过小小虾米。

我们七点五十五到了车库。车库有两辆车,以前我们只有一辆,进入 A- 家庭之后政府又发了一辆,最新款,彻底无人驾驶。以前我们还可以坐在驾驶座上,以防紧急状况,汪晓渡喜欢把手搭在方向盘两边,装模作样地通过看后视镜看路况,伪装成他还是自己开车,而我喜欢坐在副驾驶上,放古尔德弹的巴赫,伪装成这还是多年以前。

最新款则不行,我们必须坐在后座,系好安全带。《安全行车法》颁布只有八年,汪晓渡在我们结婚那年考到了驾照,我们没有什么钱,而那时候买车还需要花钱。我们选了一辆小小的二手红色日产,车已经有十年,却保养得很好,后视镜上挂一个金阁寺的交通安全御守,木头外包着红色绸缎,汪晓渡说,我们以后也去金阁寺。

我们总在深夜开出去兜风,往根本不知道哪里开去,打开天窗,让《哥德堡变奏曲》传到天上。有一个晚上木星格外地亮,紧挨着月亮也看得清清楚楚,我对汪晓渡说:"你知不知道,木星就是吉星……所以这就是吉星高照,我们是不是会发财?"

汪晓渡停下抽烟,他把烟圈往木星的方向吐去:"放屁,难道这个时候看到木星的人都能发财?"

好像也有道理。但不管怎么样,在那个时刻,木星就在那里。后来我们没有发财,只是财富也变得不再有什么意义。那辆日产"基于安全原因"被没收销毁,系统给我们分配了一辆新车,一切都很好,除了不再有天窗,"基于安全原因",所有天窗都被取消了。我们坐在崭新的车上,从一个地方,精确而安全地到另一个地方去。

那五分钟很长，终于到了八点。汪晓渡确认了一下三个摄像头都已经关闭，没有任何征兆，他钻进了一辆车的车底，然后伸出一只手，招呼我过去。

我满心疑惑地走过去，看见地上有一个巨大的洞，汪晓渡拿着一个扳手，得意洋洋，站在洞里。

3

我没有想到，还有能再见到扳手的这一天，要是爸爸在这里，他应该会开心。

爸爸做了三十年电工。小时候我总陪着他四处修灯，他常年穿蓝色工作服，不是这套就是那套，拎一个黄色工具箱，那箱子非常沉，我是个矮矮小不点，却总想在边上帮他。爸爸开始不让，后来则慢慢让我搭把手，他说，星星，小心一点，里头有锤锤和扳手哦。

我被扳手砸到过一次，四岁还是五岁，砸在膝盖上，破皮之后涂上紫药水，留下一个星星形状的淡淡黑印。后来不再有"电工"这个职业，危险工具则必须统一销毁，爸爸已经退休了，好几天不眠不休，抱着他的工具箱。我挽起长裤，给他看膝盖上的疤痕，说："你看，要是当时砸到头，我就死了。"

爸爸说："不会的，我看着你呢。"

"那我怎么砸到的？"

"这是腿,我不会让你砸到头的,我看着你呢。"

"砸到腿也很疼啊,我疼了一个星期呢。"

爸爸哭了:"我能不能留把螺丝刀?"

"爸爸,现在不需要你自己拧螺丝了。"

"我想自己拧螺丝。"

"没必要,为什么一定要自己拧螺丝?"

"我想自己拧螺丝。"

就这样,一个死循环。最后当然没有留下螺丝刀,爸爸在第二年死于脑出血,因为他一定要用手去拧一颗螺丝,越拧越着急,也许系统是对的,拧螺丝意味着危险,而危险应当被禁止。如果爸不拧螺丝就不会死,但爸爸想自己拧螺丝,爸爸死了,死循环还在这里。

他走之后我收拾东西,发现他在床下藏了一个黄色箱子,里面用橡皮泥捏了一套完整工具:锤子、扳手、十字螺丝刀、一字螺丝刀、卷尺、榔头、试电笔、美工刀、钳子。我这时候才知道,原来还能买到橡皮泥。

明知道摄像头已经关了,我还是下意识压低声音:"这是什么!?"

汪晓渡挥舞手里扳手:"一个地洞,我几天前发现的。"

"怎么发现的?"

"我想看看车的底座,发现地上有一道暗门。"

汪晓渡刚学会开车的时候,喜欢装模作样地钻到下面修车,再沾一身机油出来。我觉得这非常傻,但又有点怅然,因为这让我想到爸爸，爸爸总相信，他能亲手修好一切坏掉的东西：冰箱、电视、打不上热水的热水器、不制冷的空调。

我钻进洞里，看见一辆小小的红色日产，就像十年前我们自己拥有的那一辆，但这不可能，那一辆我们亲眼看见它被送入危险物品销毁中心。那地方在城市之外，我们使用了一次郊外野餐的额度，让无人驾驶汽车把我们载到那里。出城往北开一个小时，开始我们也担心找不到，但后来发现这不可能，车渐渐往山上开去，山风浩荡，吹过两旁那些并不破败、却已被废弃的房子，野草长到过人高低，草丛中是绵延几十公里的自动传送带，上面排着那些等待被销毁的汽车、电器、工具，所有在二十年前构成一个家庭、而当今被法律定义为"危险"的用品，像一个它们的奥斯维辛。我们沿着传送带走了很久，终于找到自己那辆日产，挂着金阁寺的交通安全御守，在传送带上一点点向前挪动。它真的很旧了，汪晓渡开得也不大好，总与路边乱停的车剐蹭，车身上满是划痕，我们就这样看着它，越走越高，直至进入中心。

我们流着泪回到城市，因为这次违规出行，我们写了五篇存档报告，又失去了那一年剩下的野餐额度。野餐应该在指定的地方进行，那地方没有什么不好，湖泊、小溪、树林、草地上开满杂色野花，如果选在盛夏，桑葚熟透了，顺着风簌簌下落，像一场紫色的大雨。那里真是美啊，但你只能去那里，有方圆三公里可以选择，但你无法超出这三公里，一开始我们对此没有意见，"三公里很大啊"，但渐渐地和所有我们本来没有意见的事情一样,这变得让人丧气。

我摸了摸车灯,终于尖叫起来:"这是什么?!"

"车啊,跟我们以前那辆一模一样!"汪晓渡挥舞扳手,兴奋极了。

"我知道是车,怎么会有车?!"

"应该是以前住的人留在这里的,他们没把它送进销毁中心。他们什么都没送!车,汽油,什么工具都有!我还找到一个手磨咖啡机!"汪晓渡放下扳手,想给我找咖啡机,以前每天早上都是他现磨咖啡给我喝,我们一直喝一种肯尼亚的豆子,后来大家只准喝无咖啡因的饮料,因为咖啡因对身体不好,而所有不好的事情,逐次逐次都在消失。

"他们怎么做到的?"

"什么怎么做到的?"

"留着这么多东西。"

"谁知道,想做总能做到的吧。我们就是太听话了,甚至没有去想。"

"这里有多大?"我往前看了看,隐约见到绵延弯曲的一条长路,像我们在某条巨蛇的肚子里。

"不怎么大,但是非常长,我每次只敢走十五分钟,前面看着还有很远。"

"前面是哪里?"

汪晓渡看着我,好像我问了一个极为愚蠢的问题:"外面啊。"

对的，外面，现在我们习惯这样称呼城市之外的地方。外面，是无人居住之所，没有人，也就没有与人相关的一切，系统、管理、摄像头、AI。因为不便于管理，现在也不再有农村，所有的人都必须进入城市生活，留下上次我们见到的那些房子。

我往那条看不清终点的长路望去，下一次我会带上蜡烛，搞清楚它到底能带我们走向哪里。

4

从那时候开始，我们大部分时间都待在车库，虽然每天的无监控时间还是只有三十分钟，但我们都愿意在里面多待一会儿，挨着那辆无人驾驶汽车，以及汽车底下绵延悠长的秘密。

汪晓渡把书桌也搬了进去，填满仅有的一点点空地。我们就在里面工作，书桌不够长，两个人肩挨肩靠在一起。为了支开芯芯，我们要求吃正常饭菜，这倒是法律允许的，只要我们不自己烹饪，以及接受一份"公民定制健康菜单"。

芯芯做好饭，我们让她送到车库里，健康菜单非常难吃，蔬菜青是青白是白地摆在盘子里，放一点点"公民订制健康调味汁"。那调味汁没什么味道，我只能自我想象成一只兔子，硬生生把蔬菜吞下去。

小时候外婆自己养兔子，灰兔子和白兔子，拉一粒粒硬硬的屎，兔子屎臭极了，鸭子屎稍好一点，我有时候会想念那种味道，像想念一百年前，但我只有三十五岁。那些兔子最后都被我们吃掉了，混杂着大量姜丝和辣椒。外婆做的任何肉类都混杂着大量姜丝和辣椒，辣椒对胃不好，她死于胃癌，我对汪晓渡说，外婆愿意这么死。

我吃着吃着那一盘子草，突然哭起来："外婆烧的油焖笋真好吃。"

芯芯站在旁边，搜索了一下资料，说："油焖笋，净春笋250克、花生油30克、酱油15克、白糖15克、生抽100克。"像每一次搜索那样，她停顿了一下，然后得出结论："无效菜单，已被系统禁止。"

我推开盘子："我吃完了。"

芯芯又说："吃饭时间低于五分钟，不利于胃肠健康。"

我下次就掐着表，刚好吃五分钟。芯芯不再说什么，收拾好东西出去，她会把碗筷放入洗碗机，又开始洗涤衣物，准备打扫卫生，这将耗时三十分钟。我们一般选择在这三十分钟结束后开始无监控时间，经过这段时间的观察，汪晓渡发现芯芯在打扫卫生时发生了内部线路冲突，也就是说，她这段时间里只能处理这一件工作，这意味着我们的无监控时间事实上可以延长三十分钟。

"每个AI都有自己的bug，只要你多点耐心，以及不要向系统报修。"汪晓渡的工作，就是专门修复AI的bug，他每周只需出门一次，去系统中心下载各个家庭的报修文件，再带回家里工作。大部分工作现在都只需每周出门一次，因为系统认为，出门这件事意味着危险，本来这些文件也可以在家共享，但系统担心我们通过这种方式入侵。汪晓渡说，这件事两年内就会消失，系统正在升级，到时候我们很可能无法出门，系统每一次升级，都意味着我们的生活会发生某种改变，每一次都是小事，看起来都不怎么剧烈，但我们就是一步一步地，抵达了今天。

一个小时，步行最快可以走七公里，算上往返和休息，我们点上蜡烛，最远去到过三公里左右的地方，那条路歪歪斜斜，又越来越窄，到后面仅能容那辆日产勉强开过。我们量过了，车身宽一米七六，那条路最窄的地方只有一米九，我们应该得把后视镜扣上才能出去。挖出这条路的人，粗糙而精确地，给不知道谁留出了一条车道，虽然我们迄今还不知道通往哪里。

那三公里多我们来来回回走熟了，后来的无监控时间并没有什么事情做，但我们还是喜欢钻进地洞，坐在车里。他坐驾驶座，我坐副驾，我们系上安全带，摇下车窗，像多年以前的那些夜晚，我们打算出去兜风，随便去哪里。

现在却只有这里，一个黑漆漆的地下暗道，我们甚至舍不得点一支蜡烛。我们在暗中谈话，沉默，抽烟。汪晓渡找到了一条软玉溪，和我们以前抽的那种一模一样，烟雾在黑暗中升起，又往不确定的方向蔓延，现在也有电子烟，去掉了尼古丁、焦油、一氧化碳、胺类、酚类、烷烃、醇类、多环芳烃、氮氧化合物、重金属元素镍镉及有机农药，汪晓渡抽过一次，跟我说："你别抽了，这是诈骗。"

现在我们抽着烟，真正的烟，我吐出一个无人看见的烟圈："你说，这地方怎么挖出来的？"

汪晓渡好像也在吐烟："谁知道，他们这里还有切割机和电钻。"

"你记不记得以前有部电影，一个人在监狱里挖了洞，后来从下水道里跑出去了？"

"记得，蹚了五百米的粪坑。"

"这前面会不会也是粪坑？"

"谁知道，有可能。"

我们都沉默了，想象着一个有粪坑的远方，但那依然是远方。我吐出一个更悠长的烟圈，如果它一路不散，应该能抵达有光的地方，哪怕途经大海、高山、峡谷，以及粪坑。

到了三月的一天，汪晓渡抽着烟说："我有个想法。"

我两手空空，坐在旁边。那条烟没剩下多少了，我俩现在轮流一天一支，轮空的那个人就在边上抽二手烟，二手烟比没有烟好，我们都深深把毒气吸进肺里，生怕浪费一丝一缕。

我猛吸一口气："我现在主要的想法是再搞点儿烟。"

"我想要个孩子。"

我咳起来："你说什么？"

"我想要个孩子。"

"我以为我们讨论过这件事了。"

"不是那种孩子。"

"还有什么孩子？"

"我们自己的孩子。"

"那种孩子"是指现在的孩子。按照法律,他们取出我的卵子,再取出汪晓渡的精子,剔除有缺陷的基因,修补不完美的基因,最后放进"人类培育与进化中心",仅仅五个月后,我们就可以拥有一个孩子,一个法定完美的孩子。

法律出来之前,我流过一次产,医生说,没关系,下一次就好了,休息半年就可以再怀孕。等到半年之后,我对汪晓渡说:"我不想要了。"

"我也是。"

我们没有在任何细节层面讨论过这件事,因为讨论会带来悔恨,而悔恨让人心碎。

汪晓渡又重复一遍:"我想要个孩子,我们自己的孩子。"

我在黑暗中向他伸出手,烟灰灼热,落下皮肤,发出焦味,像我们以前一起烧烤,鸡翅将熟未熟。我不知道为什么会在此时此刻想到烧烤,我明明只应该握住他的手说:"我也想要,好,我们来生个孩子。"

5

进入五月,渐渐是夏天,这意味着一场大雨总在前方,迟或者晚。我们找到一个迷你手电和一板电池,洞里就总有一束白光,映出两个人完全无法掩饰兴奋的脸。

我坐在车里,第一千遍问汪晓渡:"你是不是真的认识路?"

他第一千遍来回检查车:"肯定认识,出了城,一路往北开,经过龙庆峡,就能看到传送带……龙庆峡你还记得吧?"

我当然记得龙庆峡,我们在那里开始恋爱。十几个人去山上露营,爬山时我总落在后面,两个小时后我就发现,汪晓渡总在我前方一百米左右。爬到后面,我满脚水泡,叫苦连天:"老子再也不要来爬什么山了。"

汪晓渡把针用打火机烤烤,替我挑破水泡,又用纱布包起来,他说:"下次你穿对鞋子就好了,谁会穿高跟鞋来爬山?"

我痛得平地打跌,信誓旦旦:"我说真的,老子再也不要来爬什么山!"

誓言就像一种诅咒,后来,后来我们再也没有爬过山。从山上下来的第二天,汪晓渡约我去看话剧,那部戏没有人说话,像一首漫长而沉默的诗,话剧叫《形同陌路的时刻》,但从剧场出来,我们就走在了一起。我穿着一双更高的高跟鞋,又一次走到满脚水泡,我后来对汪晓渡说:"出门的时候我特意想了想,穿这双是因为接吻的时候,我不用踮起脚。"

现在我的脚不再起水泡,不管穿什么鞋。当然现在也没有什么鞋了,我一直穿一双黑色平底鞋,这是系统推荐的鞋子,"有利于足弓及脚底健康",有时候我会想念我那五十双高跟鞋,尖头细跟,非常不健康,后来它们和别的我曾经喜欢而不健康的东西一样,被送入了危险用品销毁中心。

危险用品销毁中心这件事是汪晓渡想起来的:"你想想,

传送带上有所有我们需要的东西,所有!"

"还有房子!"我想起山上那些被遗弃的房子,有一栋外墙上爬满月季,还有一栋院子里种了紫藤,屋顶破了,需要搭梯子上去修,但没有关系,以后我们会有梯子。

"我们可以养只猫!"

"狗也可以!"

汪晓渡摆摆手:"我不喜欢狗。"

我用手电筒揍他:"谁在乎,我喜欢。"

我们打成一团,最终变成一个长长的吻,带着让人战栗的期待。

汪晓渡把手电筒接过去,让光柱对着车头方向:"我们可能会失败的,你知道吧?前面……前面也不知道有什么,说不定这条路根本没有挖通,再走五百米就是死路。"

我尽量装作满不在乎:"那就算了呗,咱们再回来,和芯芯过一辈子。"

"回不来了。"

"什么意思?"

"我们会死。"

"你怎么知道?"

"我偷偷看过系统的数据。"

我吓一跳,偷窃系统数据在《刑法》里会被判终身监禁,每判下来一个,所有显示屏都会直播现场,大概是想让我们看看,这些人的慌乱和悔恨。上次的是个女孩子,非常年轻,薄嘴唇，白皮肤，脸上星星点点雀斑，镜头里她没有慌乱和悔恨，她满不在乎，对着不知道什么方向飞吻："妈妈我爱你。"后来直播就被掐断了，重播的时候这个镜头消失了，像从来不曾存在过，我总想到她的样子，忧虑她妈妈没有看到直播，忧虑她错过了这一句"我爱你"。

我呆呆地："可是现在没有死刑了。"

"不会判刑，不走这套程序，我们当场就会死。"

"你怎么知道？"

"数据里有，去年有一百多个。"

"一百多个什么？"

"系统叛逃者。"

"什么意思？"

汪晓渡无意识地摇晃手电，让那光柱像在黑暗中写出一个又一个的"不"："没什么意思，数据上就这么写的。"

我应该再问得清楚一些，比如他们怎么死的，比如我们有什么可能不死，但我突然高兴起来，原来这个城市里还有一百多个如此这般的人，原来大家只是失散了，原来我们不仅仅是我们。

我用手遮住光柱，它穿过指缝，在漆黑墙壁上照出一点点光斑，微弱，却实实在在存在的光斑。我对汪晓渡说："哦，那要是有这一天，我们就一起去死。"

现在就是这一天了。雨声似鼓，连在地下也能听清，像古老电影里有古老的枪，一发发打出子弹，穿过那些茫茫然死掉的身体。我们系好安全带,打开车灯,照亮眼前起码五百米前路,我们暂时只能看清这五百米,在五百米之后,我们也许会有下一个五百米,再下一个,然后再下一个,不知道会停在哪里。我们也许真的会有一个孩子,偏偏眼睛像他、性格像我,又暴躁又忧郁,是芯芯的反义词,没有关系,我们会爱这个反义词。

汪晓渡拉起手刹,雨中带雷,我相信那个瞬间闪电照彻天空,而属于木星的时刻正在降临。四周真黑啊,我们又再也舍不得另一支蜡烛,我握住汪晓渡的右手,他轻轻挠了挠我的手心。我们将从现在出发,走一条漫长曲折的路,奋力向前,回到过去。

李静睿,女,做过八年法制记者。出版有短篇小说集《北方大道》《小城:十二种人生》,长篇小说《小镇姑娘》《微小的命运》,随笔集《死于昨日世界》等。

丽江的鱼儿们

陈楸帆

1

两只攥紧的拳头摆在我的眼前,手背向上,泛着刺目的白光。

"左,还是右?"

我看见自己伸出幼嫩的食指,怯怯地点了点左边。左手手心向上,打开,空空如也。

"再给你一次机会。左,还是右?"

我点了点右边。

"确定了哦?变不变?"

手指在空中犹豫着,鱼儿般左右游弋。

"变不变?三……二……一……"

手指定在了左边。

手心向上,打开。除了透明的日光外,空空如也。

是梦?

我微微撑起眼睑,阳光苍白刺眼,在这座纳西风格的院落里,我打了个不知长短的盹儿,好久没这么舒坦过了。天真他妈的蓝啊,我伸了个足足的懒腰,十年过去了,该变不该变的都变了,只有这片天空的颜色依旧。

丽江,我又回来了。这回,我是个病人。

这回,注定了我们的相遇不再平铺直叙,不再正常。

2

短短的二十四小时内,我由一个作息规律得近乎病态的办公室白领,一辆灰色福特的主人,一间位于城市皱褶处的霉菌公寓的准拥有者,一条负债累累的寄生虫,等等,摇身变成了一个疗养病人。都是那份天杀的体检报告,在最后一页白纸黑字地写着:PNFD II (Psychogenic Neural Function Disorder II),用人话说就是心因性神经官能失调二期,建议强制疗养两周。

我觍着脸问老板能不能不疗养,因为我的后颈肉已经接收到从办公室各个角落里射来的目光,开始过敏、泛红、发热。那目光多么地幸灾乐祸,多么地小人得志,多么地落井下石,翻来覆去就是"大红人你也有今天呀"这一个调调。

我打了个寒噤，办公室政治的这种死法，我并非没有亲见过。

老板慢条斯理地说，你以为我愿意啊，你疗养我还掏钱呢，这是劳动法的新规定，你以为想疗养都能疗上啊，也就咱这么国际化的正规公司……啊。再说了，你这病要恶化了，弄出个神经性梅毒什么的，那也趁早给我走人。

我讪讪地退出老板办公室，开始收拾东西，交接工作。我努力不去理会那些目光，瞧好了，你们这些神经性梅毒的小人，半个月后咱们再战。

飞机上，我听着四周鼾声大作，睡意全无。事实上，我已经失眠一个多月了。肠胃功能紊乱、健忘、头痛、肌肉劳损、轻度抑郁、性欲减退……或许，我真的该好好休息一段时间了。我随手翻阅起航空杂志，一幅幅美好到虚假的丽江风景唤起了十年前的记忆。

十年前的我，一无所有，浪漫得一塌糊涂。十年前的丽江还是片自我放逐者的乐土，或者不那么文学地说，文艺青年的艳遇胜地。当时我的所有财产就耷拉在纤维化还没那么严重的肩膀上，揣着一张地图出没在古城的清晨与子夜，与独行的女子搭讪，伴着歌声和酒精入眠。

如今我回来了，有房有车，该有的都有了，包括阳痿和失眠。如果幸福感和时间是坐标系的纵横两轴，那么我怀疑我的人生曲线已经过了顶点，开始坚定而无可挽回地下垂。

为了一条无法再度坚挺的曲线，付出一份安稳前途，这是哪门子的弱智交易？

3

我又发呆了，阳光越过高墙斜斜地切在院子里，有一股香椿的味道。我不知道到底过了多久，手表、手机以及一切能显示时间的物品已经被康复中心的人收走了，古城里没有电脑，也没有电视。倒是有许多本地居民，将自己脑门或者前胸上一块皮肤出租了，贴了片巴掌大小的液晶显示屏，24小时滚动播放着各类广告。正如我所说的，这里已不是我所熟悉的那个丽江。

奇怪的是，原本想尽早完成疗养以再战江湖的迫切心情，却在阳光里缓缓消弭了，如同那若有若无的香椿味。

胃嘟囔了一声，我决定出去找点吃的，看来这是目前唯一能用来判断时间的工具，当然，还有膀胱和天空。

石板路上行人寥寥，看来疗养的门槛还是比旅游要高不少，流浪狗倒是很多，各色各样，燕瘦环肥。在来的路上听了个笑话，说是现在的经济重犯在死缓和终身监禁之外，多了一条出路，就是当意识传输手术的试验品，到丽江去当条狗。本来试验成功率不高，应者寥寥，可在"狗"前加上个定语"丽江的"，便可颐养天年，子孙满堂也未可知，于是一呼万应。

说是笑话，可看见那些狗娘养的在美女面前的媚态，还有听见城管脚步声时的嗦瑟样儿，很难不把这笑话当真。

一碗特制鸡豆粉下肚，找了家咖啡屋，要了杯清啡，开始翻那些八辈子也看不完的书，捎带着思考人生的意义。难道这就是疗养？没有理疗、药疗、食疗、瑜伽、采阴补阳或者任何形式上的专业护理？难道就是康复中心那行大字："心理健康，生理愉快"？

可事实是，我吃得香，睡得好，胸不闷，心不慌，身体比十年前感觉还棒。

甚至连堵塞了几周的鼻子都能在咖啡店里闻出薰衣草味来。等等，薰衣草？我抬起头，那个一身墨绿的女孩就在我的对面，端着一杯散发着甜气的饮料，笑吟吟地看着我，像一出法国电影的桥段，又像一幕最甜美或最恐怖的梦魇。

4

"那么，你是做市场的？"

女孩和我并肩走在夕照下的四方街，石板路闪烁着金子般的光，小吃店里香气四溢。

"当然，也可以说是卖的。你呢？白领？公务员？警察？老师？"我略带奉承地加上一句，"演员？"

"哈。再猜猜？"女孩看来对我的所谓幽默不反感，"我是特护病房的护士。猜不到吧？"

"原来护士也是会生病的。"我作恍然大悟状。

吃过晚饭，泡了酒吧，女孩为丽江服务人员素质的急剧下降忧心忡忡。"那些有意思的老板都到哪去了？"抓来伙计一打听才知道，现如今的东家都是"丽江实业"（代码：203845）的大小股东，原来的老少爷们或是买不起或是不愿买这许可证都撤了。这股票走势还算坚挺，配送之后的摊薄红利还够得上绩优。

在消费时代的古城夜晚，我们无处可去，她不想去听机器人乐团演奏的纳西古乐，"跟骗驴似的"，我也对民族舞蹈篝火晚会没兴趣，"整一人肉烧烤"。于是我们趴在街边，看着水沟里的小鱼儿。

在丽江街边的水沟里，有许多静止不动的红色鱼群，无论是黎明、黄昏还是午夜，它们始终朝着同一个方向，整齐地排着队，像接受检阅的士兵。再仔细一看，原来它们并不是静止的，而是逆着水流的方向，顽强地坚持着自己的位置。偶尔，也会有一两条体力不支的鱼儿，从队伍里脱开，摇晃着被水流冲出几步，但又努力地摆动着尾巴，回到自己原来的位置。幸好，十年过去了，鱼儿们还都在。

"就这么，游着游着，一辈子也就过去了。"我把十年前说过的话又重复了一次。

"我们也一样可怜，也许更可怜。"她轻轻地叹了口气。

"也许这就是人生的隐喻吧，幸好我们还能选择自己的生活。"我说了句牛逼得自己都不信的话。

"可现实是,不是我选择了你,也不是你选择了我。"

我心头一顿,一脸无辜地望着她,我真没打算请她回旅馆共度春宵,误会闹大了。只听见她咯咯笑了起来。

"没听过那老歌啊,不怪你。今天有点困了,明儿接着玩吧。你还挺逗的。"

"可明天我怎么找……"我突然想起没手机,没电话。

"这是我住的地儿,"她递给我一张旅馆的卡片,"如果实在懒得动,就随便找条狗。"

"狗?"

"你真不知道啊。就那种,街上溜达的,脏不拉叽的。写个条,时间地点夹它项圈里,然后把那卡在上面一刷就成。"

"敢情那不是笑话啊。"

"回去多看看丽江指南吧。"

5

我不知道自己睡了多久。我以为睡到了第二天下午,可太阳的方位告诉我这是早上,可我无法确定这是第二天、第三天还是第几天的早上,就像做了一个一辈子那么长的梦一样。也许,这就是让人身心健康的秘密,只要梦里不再出现漫无边际的报表和老板的大饼脸。

我真找了条狗。那天杀的势利眼每次到我跟前嗅嗅，尾巴一甩屁颠屁颠就溜了，我狠狠心，买了包牦牛肉干，心想撑死你这狗娘养的，才把信邮了出去。

怕姑娘健忘，我在条子后面署名为"隔夜馊小鱼儿"。

我开始在四方街上溜达，发呆，晒太阳，反正这儿的人都没什么时间概念，爱啥时候来啥时候来。我看到一个熬鹰的老头，坐在犄角旮旯里，那鹰和老头都极精神，精光内敛，煞气逼人，忍不住端着相机上前。

"不许拍！"那老头喝道。

"五块钱！One dollar！"那鹰操着一口川普加英语嚷嚷。

干！又是机器人。这城里就没多少原装的货色，我愤愤地转身要走。

"想知道丽江的天为什么这么蓝吗？想知道玉龙雪山的神奇传说吗？丽江百事通，每条信息只收一块钱。"见我这么抠门，老头赶紧换上一口娇媚无比的吴侬软语。

得，反正也是耗时间，就听他俩嘚啵嘚啵唠唠两句吧。我掏出一块钱硬币，丢进了鹰嘴，听得咣当一声响。老鹰前胸开敞，露出一个粉色的数字键盘来。

"想知道丽江的天为什么这么蓝请按1#，想知道玉龙雪山的神奇传说……"

少废话，就1吧。

"丽江采用凝结核控制及散射标准化技术，将晴天概率控制在95.426%以上，同时对散射光谱进行超微调节，将蓝天色值严格控制在 Pantone2975c–3035c 之间,且根据日照状况进行无级转换,保证了丽江 VIS(Vision Identity System,视觉识别系统)的一致性……"

我靠。我心里很不是滋味,有些哀怨地望着那片一碧如洗、美得如此超凡脱俗的蓝天,原来它真的是假的。

"看飞碟呢?"女孩拍了拍我的肩膀。

"你能告诉我这儿还有什么是真的吗?"我神色恍惚,喃喃自语。

"有啊,比如你啊,比如我啊,都是真的……"

"……有病。"我补充道。

6

"说说你的工作吧,我从小就对这些开肠破肚的事儿特感兴趣。"我们俩又坐到了小酒馆里,从窗边望下去,便可以看到水沟里的小鱼儿,一动不动地游啊游。

"咱们玩个游戏吧,我们轮流问对方一个问题,猜对了对方就得喝半杯,猜错了自己喝,怎么样?"她拍了拍桌上的几瓶啤酒。

"来吧,看当今的世界到底谁怕谁。"我也来劲了。

"我先来,你那公司是个大企业吧。"

"嘿,我们头头最喜欢说的就是,也就咱们这么标准化国际化现代化的大——车间……"我把最后两字降了八度,逗得她咯咯地笑,我忘记自己是否告诉过她,不过还是喝了半杯。

"你们那病房住的都是大人物吧?"她喝了。

"你是你们那部门的骨干吧?"我喝了。

"问点带劲的行不?你肯定碰见过病人是色狼。"她脸一红,端起杯子干了。

"你肯定有不少女朋友。"我犹豫了一下,还是喝了。

"你肯定没结婚。"我打算赌一把。

她笑吟吟地没动,我脸一臊,自己咕嘟咕嘟干了半杯。她看着我舔干净最后一滴,这才不慌不忙地端起来喝了半杯。

"好哇,你耍赖!"我其实高兴得很。

"谁让你那么心急的。"她话里有话。

"那好,你失眠、焦虑、抑郁、心律不齐、月经不调……"喝得太猛,我有点高了,开始口无遮拦。

她看了我一眼,轻轻在杯沿抿了一小口,说:"你有的,我都没有,我有的,你也没有。"

"你觉得一切都没什么意义。"

"在遇见你之前。"我开始耍赖,老炮如我绝不能在小姑娘面前轻易露怯,何况这种车轱辘话。

"你常常会莫名地恐慌,因为你害怕那种时间流逝的感觉,世界在一天天地改变,你在一天天地老去,可还有那么多事情没做。你悲伤,你慌张,你想用力握住那把沙子,可它就那么一点点地,毫不留情地从你的指缝间流走,什么也没剩下……"

她不依不饶。如果这些文艺腔从第二个人嘴里说出来，我会把她看作一个江湖术士，无耻无知地将放诸四海而皆准的常理包装成命运女神的手谕，唾向世人。可是，从她嘴中吐出，却真真成了手谕，仿佛每一个字都敲打在我心上，梆梆作响。

我闷声喝完了杯里的酒，酒劲开始上头。真奇怪，平时喝到这份儿上，厕所都上了好几趟了，可今天一点尿意都没有。我开始犯迷糊，她的笑脸在我面前变成两个、三个……我想开口问她，可舌头打结，说不出话来。

她突然现出一副窘迫的神情，低低说了句："今天喝多了，我送你回去吧。"

于是，我便彻底地败了。

7

我用了很久才想起自己身在何方，这段时间里阳光走过了六个窗棂格子。我又花了三个窗棂格子的时间来洗掉一身的酒气，以及清洁房间里的呕吐物。

看来护士小姐没把病人照顾好，我头痛欲裂。

我一点也不想派条走狗去找她，我正告自己。我甚至有点害怕见到她。或许她是个读心者？听说这些变异人群在许多关键岗位担当重任，在病人无法正常言语的特护病房配备一名读心者也是十分合理的解释。这么说来，她是因为读到我内心的醒龊想法所以故意把我灌醉的？那么她还有接触我的必要吗？

被人看穿自己内心的恐慌，这是更大的恐慌。也许只是我心虚过敏？

一条小沙皮噔噔噔进了门，朝我汪汪直吠。我从它项圈间取下纸条，果然是她。约我去看骗驴似的纳西古乐，署名"我不是读心者"。

去你妈的腐败分子！我狠狠踹了那条沙皮一脚，它委屈地哼哼。

"还说你不是！"

最终，好奇战胜了恐慌，梳洗打扮完毕，我来到了演出厅外。她一身淡雅的鹅蛋黄，早在门前等待。我故作冷淡地点点头，却不想她一下贴上来，挽了我的手往里走。

"小样，少装啊。"她在我耳边嘀咕了一声，我使劲憋住脸上的春意。

骗驴开始了，仿真机器人乐团晃悠着弹奏各种纳西乐器，录制好的音乐从座位后方的音箱涌出。那乐手一看就知道是国产货，动作僵硬滑稽，关节转动角度有限，力反馈模式单调，也就宣科老先生的做工精致点，不时还摇头摆脑做陶醉状，只是让人担心用力过猛把脑壳摇下来。

"你不是不喜欢骗驴吗？"我贴着她耳朵问，一股淡淡的薰衣草香气飘来。

"这可是疗养的一部分。"

"你可真能扯淡，我服了。"

我就势想亲她,被她轻轻一躲,手指贴在了我的唇上。

"你的办公桌上,有一个灰色的小闹钟,它的形状像个蘑菇,而且经常走快。"

她轻描淡写,我瞪大了眼睛。除了大楼清洁工,没人会注意到那玩意儿,那是公司发的优秀员工纪念品。可她怎么会知道的?

如果说之前的斗酒是意外失手的话,那么这回自诩阅人无数的我是彻底投降。黑暗中我盯着她好看的侧脸,在潮水般的骗驴声里,仿佛我也变成那机械木讷的乐手,演奏着拙劣的情歌,却被高手一眼看穿,胸腔里其实只有一颗单幅振动的铁皮心脏。

在之后的很长很长一段时间里,那种单调、刺耳、压抑的旋律一直成为我噩梦的背景音乐。

8

我们终于还是上床了。

她一副顺理成章的表情,而我却恰恰相反。男人是多么奇妙的一种动物,他的恐惧和欲望竟然如此完美地统一在同一个器官上,只不过前者失禁而后者充血。我已年届而立,所以我并不对此感到惊讶,所需要控制的除了括约肌之外,还有强烈的质问她的冲动。

"这也是疗养的一部分？"我可以想象自己略带嘲讽的口吻，可我毕竟没有说出口，因为害怕那是一个肯定的答案。

而这个答案很明显已经写在她的脸上。

"你到底是谁？"我终于还是没忍住。

她的声音像鼓槌敲在棉被上，闷闷地，软软地，无力地敲着我的鼓膜。

"……我是个护士，我的病人是时间……"

她最终还是说出了那个故事，我愿意把这一行为理解为一种代偿心理，尽管带走的可能比偿还的要多上许多倍。

那天晚上我竟然久违地失眠了，我数绵羊，数木墙上的纹理，数她那轻柔的呼吸声，均宣告无效。看着她熟睡的模样，我怎么也无法将这张甜美的面孔跟那样一间恐怖的病房联系起来。

她说那叫"时间特护病房"，住的全是曾经叱咤风云的商界巨头。

那些干尸般的老人，身上插满密密麻麻的导管和电线，享受着24小时全天候的顶级特护。每天会有各种人物穿着无菌服，围在病床旁，默哀般站上十分钟，然后离开，周而复始。那些老人几乎不动，每次呼吸间隔都漫长得可怕，偶尔发出一些婴儿般的呢喃，便会有专人记录下来。以各项生命指数来衡量，这些人早该入土了，可他们竟活了下来，而且一活就是半年，甚至几年，其间数据几乎不发生变化。

她说他们都是接受了"时间感延宕治疗"的特护病人，她们私底下叫他们"活死人"。

这项研究始于二十多年前,起初目的只是调拨生物钟以期延长人类生命,但随着研究的深入,科学家们发现,尽管控制生物钟可以减少自由基的产生,延缓肌体衰老时间,但意识的衰退乃至湮灭却无法逆转,最终导致脑死亡。他们发现,意识的衰老跟所谓"时间感"密切相关,从而又在松果体中发现了相关受体,经过多年临床实验,研制出一套行之有效的"时间感延宕治疗法"。接受治疗的病人,尽管身体处于正常速度的物理时空中,但意识却停留于减缓了成百上千倍的时间流体中。

所以他们活着,或者说,半死不活着。

"可这跟你有什么关系呢?"我记得自己这样问道。

"住在一个寝室的女生,她们的生理周期会趋于同步,这个你总知道吧?"我点点头。

"所以我每年都需要来丽江一次,以消除延宕效应对身体机能的干扰。"

在那一瞬间我有些眩晕。延宕治疗仿佛只用于一些行将就木的老不死身上,出于稳定股价或者公司权力斗争的需要延长他们的寿命,可如果用在正常人的身上呢?我努力想像着在一秒内经历百年的感觉,但想象太无力了。如果将时间感延宕到无限长,也就是减缓到近乎静止,那么是否这个人,或者说这个意识就得到了永生?那么肉体还有存在的必要吗?

"你还记得我说过的吧?不是我选择了你,也不是你选择了我。"她有些抱歉地笑了笑。

我突然莫名恐慌起来，仿佛掌间又握满了流沙。

"你是我的反面，是我的补集，是我被宙斯的闪电劈开的另一半身体。"

这诗意泛滥的话在我听来却不啻于最恶毒的诅咒。

9

女孩要走了，她说她的疗养期限到了。

我们静静地坐在黑暗里，玉龙雪山就横亘在我们眼前，反射着银色的月光。谁都没有说话，我猜，该说的不该说的都已经说得太多，是时候闭嘴了。可那些对白，伴着那骗驴似的背景音乐，在我脑子里循环播放个没完没了，特别是在夜里。

"还记得你桌上的小闹钟吗？"

我看着她那好看的侧脸在黑暗中微微泛光，决定保持沉默。

尽管"时间感延宕治疗"费用高昂，但它的反向操作却成本低廉。专家们开始论证这种被称为"时间感凝缩技术"的商业化前景，在几大财团的联手下，这项技术被迅速孵化，并在政府的默许下利用国际劳动法的空子，在跨国企业的发展中国家雇员间进行试验。那台闹钟便是微型的"时间感凝缩器"。

"原来我们都是小白鼠。"我记得自己挖苦自己道，脑海里浮现部门老板的大饼脸，他不可能知道这些，因为他桌上也摆着小闹钟。

"这事说出去也不过是天方夜谭罢了,那项技术的理论基础是不存在的。"

"不存在?"

"据说从理论物理的角度无法成立,所以他们将它依托在帕格森的哲学基础上。"

"那又是什么鬼东西?"

"不知道,也许也是扯淡吧。"

"也就是说,我的那些症状,什么狗屁 PNFD 二期,全都是时间感凝缩的副作用?我的意识时间跑得比物理时间快?难怪每天累得像条狗,生命不息,加班不止,真得感谢公司选我当优秀员工。哈。"

乌云遮蔽了月亮,雪山的反光消失了,一束红色激光打在海拔 5600 多米的雪壁上,演出开始了。高频激光束在雪山上织就一张全息的光网,三维的图案拼叠变换着,大概是开天辟地宇宙洪荒之类的神话剧。我无心欣赏,只觉得那光晃得自己心神不宁。

凝缩技术尽管对提高社会劳动效率起着巨大的作用,但副作用很快显现出来,时间感与新陈代谢速度的差异导致肌体机能紊乱失衡。财团拨款在发展中国家成立了康复中心,并通过影响劳动法形成制度化,一来借助时间感的调节恢复实验者的身体机能,二来观察时间感对人类生活方式的影响。而最重要的一个发现便是,凝缩效应正好可以与延宕效应两相抵消。

"也就是说,我只是他们安排为你采阴补阳的补品之一?"

尽管早有预感,可一名中年男人虚弱的自尊心强迫我撕破脸皮,再次确认自己的尴尬处境。

"采阳补阴。如果你硬要用这种字眼的话。"她似乎表示十分同情。

"那么骗驴呢?"

"那是调谐双方波段的一种方式,我早说过。"

我沉默了,等着她说我比她以前的抵消拍档更帅、更有情趣、更特别之类安慰的话。可她什么也没说,也许她知道这并不会让我更好受些。

"那些狗呢?"我已经黔驴技穷了。

"它们很正常,只是在时间场的紊流中产生了脑神经结构的变异而已。"

"我只有最后一个要求,"我望着她黑暗中闪闪发光的眼睛,像一对寂寞的萤火虫,"陪我再看一次那些小鱼儿,也许这世上只有它们是真实地活着。"

那对萤火虫更亮了,她轻轻抚着我的脸,仔细端详,说:"其实……"

我捂住她的嘴,摇头示意她不要说下去。我想,我们不必把那三个字说出口。

她轻轻地掰开我的手,吐出了那三个字。

"别傻了。"

10

我孤单地蹲在丽江的水沟边,看着游来游去的鱼儿们。她走了,甚至没有留下联系方式。掌心的沙子硌得我生疼,无论我握得多么紧,它终究还是流走了。

鱼儿啊鱼儿,现在只有你们陪着我了。一瞬间,我突然强烈地羡慕甚至妒忌这些不舍昼夜的鱼儿,它们的生命简单而纯粹,只有一个方向,而无需在无穷多的选择面前优柔寡断进退维谷。可如果真将这样的生活强加在自己身上,恐怕又会怨天尤人了吧。永不知足,是否这就是人性无法战胜的软肋?

突然间,我很想朝自己的自恋自怜自怨自艾狠狠吐一口唾沫,但终于我还是咽了下去。

我看着那条小黄鱼第三次被水流冲离队伍,摇晃着掉到后面,又奋力摆着尾巴回到原位。真他妈顽强,我暗暗赞叹并用以自勉。

且慢。

难道每次都是它?每次的动作和轨迹都如此相似?毫厘不爽?我心情矛盾地等待着,大约过了二十分钟,那条天杀的小黄鱼再一次以同样优雅的动作、同样的轨迹掉队、落伍而后迎头赶上时,我已经将手中的石块高高举起。

石头穿越鱼群的全息影像,缓缓沉入水底。

我拳头里的最后一粒沙子也滑落了。

我的疗程结束了，抱着不那么健康的心情和不那么愉快的身体，我登上了返程航班。飞机还没起飞，鼾声已经此起彼伏，看来康复疗效显著。可突然，我对回归那座充满斗争与压力的水泥森林充满了恐慌，因为我不知道什么是值得依靠的，一切都那么浮夸而虚假，包括自己。

　　飞机起飞了，地面渐渐远去。城市、道路、山川、河流……世界缩小成一面由不同方格组成的棋盘，每个方格中，时间或快或慢地流淌着。那些蝼蚁般的人群，便被一只看不见的大手操控着，拨拉成几堆，填塞进不同的方块里。时间飞快的，穷人，劳工，第三世界；时间缓慢的，富人，老板，发达国家；时间近乎停滞的，领袖，偶像，神……

　　突然，两只胖乎乎的小手把整个世界都攥在拳头里，手背向上，摆在我的面前。

　　"左，还是右？"

　　我惶恐地瞅瞅左边，再看看右边，犹豫不决。

　　一阵尖利的嘲笑声。

　　我狠狠心，一把抓住那两只胖手，用力在日光之下摊开，结果无论左右，都是空空荡荡，一无所有。

　　"先生，先生……"

　　漂亮的空姐把我叫醒了，托她的洪福，我终于记住了那个梦的内容。那是我一肚子坏水的表哥，他最喜欢玩的游戏，就是让我猜他哪只手里藏有巧克力，他总是利用我优柔寡断的性格，尽情戏耍我。

"先生，不好意思，请问您要可乐、咖啡、茶，还是要……"

"……你，"我看着空姐涨红的脸，微微一笑，"还是咖啡吧，不加奶，不加糖。"

也许，这便是我在这世上仅有的自由选择。

2006 年 3 月 24 日

陈楸帆，毕业于北京大学中文系及艺术系，作家、编剧、翻译、策展人。曾多次获得星云奖、银河奖、世界奇幻科幻翻译奖等国内外奖项，作品被广泛翻译为多国语言，在许多欧美科幻杂志均为首位发表作品的中国作家，代表作包括《荒潮》《人生算法》《未来病史》等。

现实顾问

李宏伟

5

"您好,我是现实顾问,工号5501010—2105,请问有什么可以帮您?喂,您好,您好?女士,请问什么事情让您这么难过,有什么我可以帮您吗?对不起,我没明白您的意思。您姐姐是失踪了吗?如果是,建议您报警,在警方需要的时候,我们公司也一定会提供协助。警方怎么说?对不起,您是说屏障吗?哦哦哦,我明白了。警方确定您姐姐还在人世,是,还在您居住的城市,她只是换了份工作,搬了家,屏蔽了您,并且设置了面对您的隐私保护,使您再也见不到她,连问她为什么这么对您都没机会,对吗?

"怎么说呢,女士,这样的事情不说普遍,至少也不鲜见。我们公司的宗旨就是服务顾客的现实,在不相互侵害的前提下,让所有人活得更加称心如意。往大了说,每个人都可以挑选他喜欢、适应的现实,往小了说,至少也可以保证,每个人都可以离他不喜欢的现实远一点,不用必须面对他不想见到的人、事、物。对不起,我没有别的意思,只是描述一下公司向顾客提供的服务。拿您和您姐姐来说,当她不愿意见您,不愿意和您面对面——我们相信这绝对是暂时的——她就可以启动现实屏蔽,对您只有雾状呈现,并将自己混入其他因为各种原因选择雾状呈现的人之中,让您无从分辨,你们互相听不见对方在说什么,也看不见对方在做什么。对不起,女士,请您消消气,请相信,我们公司不是在人为制造矛盾,我们只是保护顾客的现实权益。与您所想的相反,我们提供的这一服务,恰恰是将隐藏的淤积成内伤的矛盾挑明,让它有被消除、缓解的机会。恕我冒昧地问一句:在此之前,你们姐妹之间有没有隔阂?或者说,你们姐妹感情怎么样?噢,是双胞胎啊,那感情一定很好。你们小的时候,父母给你们选择的现实呈现,一定完全一样,呈现线条的大小、长短、构图和颜色都相似得像是复制的,对吗?这不难猜。几乎所有拥有双胞胎儿女的父母都喜欢这样,他们享受朋友与外界惊奇的目光,有的父母是一时兴起,偶尔这样设置一次,有的父母则是任性到底,一直到孩子长到十八岁,对自己的现实呈现可以自主时才罢手。同吃、同住、一起上学、一起长大,没错没错,是这样,很多双胞胎都是这样。您这么说我们就更放心了,证明我刚才断定'这一切都是暂时的'不会有错,你们姐妹一定会重归于好的。

"话说回来，女士，这样的话，您多半要感谢这次的变故。您想想，如果不是姐姐这样做，也许您永远都不会知道，她已经对现状产生了不一样的想法，对吗？那样一来，你们可能仍旧亲密无间地，如同一个人一样地生活，但是您想想，那对她多么不公平，她要忍受内心的伤痛、愤恨——对不起，我可能夸张了一点。就说她心里的不舒坦吧，她要忍受着这些，继续和您亲切友爱，这对她至少也是双重的伤害了。好的，女士，很高兴您能冷静下来。我们虽然不是专业学心理学的，但毕竟接受过这方面的培训，又做了好几年的现实顾问，面对过成千上万种不同顾客的现实烦恼，所以，也许我能够为您提供一些小小的参考意见。哦，需要补充一句，所有顾客的现实烦恼，我们沟通的全部内容，公司都会录存备查，但是这些内容都是最高密级的档案，公司只有启动监督机制之后，才能够由专人查看。我们也受过严格的保护顾客隐私的训练，所以请您放心，咱们交谈的内容，绝不会泄露出去。谢谢，这是您对我们的信任，我们要做的就是不辜负您的信任。好的，让我们回到刚才的话题，哪怕我们现有的经验不能帮助您解决问题，至少我们也可以倾听，也可以和您一起，寻找通往问题解决的蛛丝马迹。您能简单说一下，你们姐妹二人的成长过程吗？尤其是你们之间出现不同的时段。是吗？整个高中三年都没有在一个班吗？这两个班相互间有什么不一样？噢，这样啊，真有意思。当你们互换身份，以对方的名字、形象出现在对方的课堂上时，老师和同学都没有发现吗？虽说很多双胞胎很像，但是他们的言行举止，对同一个人的心理感受、距离总是有差异，因此难以做到完全一样。明白了。可你们平常练习模仿对方时，真的不会出现幻觉，认为自己只是在对着镜子表演吗？

"对不起，女士，我不是这个意思，我当然相信。请原谅，我没有兄弟姐妹，没法完全体会您说的这份乐趣，不过我大体能够想象。谢谢您的大度。我想问一下，对于这种互相扮演，把两个人的生活过成一个模样，你们有没有那么一个哪怕最短暂的时刻，感到厌倦或者别扭？是吗？她说的是没必要有，还是不想有？那是什么时候？她在你们生日聚会结束的时候，说这样的话，有没有什么现实的刺激？等一等，我差点忘了，那是你们十八岁的生日，也是从那一天开始，你们可以完全自主地使用超现实眼镜，享受它提供的现实服务，您姐姐说她没必要有自己的现实呈现，是否意味着从那天起，你俩一直都在共用您的现实，准确地说，她是一直在复制您的现实形象吗？

"我明白了，女士，您这是一个经典的案例，在两个人之间，一方对另一方产生了完全的依赖，他的生活、思想、个性完全在对方身上消解，他丧失了自己。我必须说，问题还挺严重的，因为大多数类似情况下，丧失自己的那一方都不会觉醒，如果他觉醒，将面临着重建自我和重新开始生活的困境。好在您姐姐主动走出了最具决定性的一步，挣脱了您的生活——女士，我建议您，在此期间，什么都不要做，不要刻意去找她，给她段时间，等她缓过来，一定会回来找你们的。是，这有点残忍，但是从法律层面，从公司的角度，这也是您唯一可以做的。就给她一些时间，好吗？想必她同样屏蔽了令尊和令堂，对吗？尽管如此，还是请他们留意，如果您姐姐缓过来，可能会最先找到他们。好的，女士，不知道这样能不能让您心里踏实一点？是这样的，即使有了我们公司，即使有了超现实眼镜，即使它融生物技术、分子技术、芯片技术和纳米技术于一体，可以塑造我们的现实，每个人仍旧要面临他的烦恼和困境，除非您重新设置，将这件事完全从您的现实清除，但那样毕竟过于回避问题了，对吗？不过，公司总算能够帮助我们找到原因，至少也让我们离原因更近，不是吗？那先这样。谢谢您的垂询。

"什么？对不起，我不明白您的意思。您怀疑自己是姐姐？抱歉，女士。您是想说，您和您姐姐与绝大多数双胞胎一样，都怀疑过先出生的究竟是谁，甚至在你们小的时候，由于父母的粗心，而混淆了你们的角色，导致您本来是姐姐反而成了妹妹吗？那您的意思是什么？您就是那个姐姐？！对不起女士，我们的职责是帮助顾客解决他们在使用超现实眼镜过程中遇到的问题，顾客遇到的其他一切和现实有关的问题，我们也会尽可能帮助解决，但您刚才说的这番话我不明白。如果我理解得没错的话，它已经不属于现实问题了，您可能需要去医院或者警察局之类的地方。不不不，对不起女士，您别生气，如果我的理解有误，那我向您道歉。但还请告诉我，您突然说自己就是刚才一直被我们提到的姐姐，是您搬了家、换了工作、屏蔽了妹妹和父母，那刚才和我通话的那个人又是谁？那是真实存在的妹妹吗？还是只是您想象中的妹妹？还是真像您说的一样,您身上既有姐姐又有妹妹,你们把两个人的生活过成了一个人的?喂,喂喂喂?……女士?女士?"

5

现实界面散发出柔和的青草绿,提示唐山:可以下班了。唐山看看时间,下班时间已经过了十三分钟。他有点懊恼、不甘地退出操作平台,靠在椅背上,接受今天的眼睛湿润保护。要是那个女人授权他可以查看她的现实就好了,至少他也不会产生被戏耍的感觉。她会出事吗?听她的语气多半不会。唉,想这些也没有用,真出意外再说,至少现实界面可以预警。唐山摇摇头,他至少能够确定晚饭吃点什么。他不想在外面解决。那就回家随便做点什么吧,面条、饺子或者粥。嗯,或者,他可以在界面的美食平台购买那个垂涎已久的淮南豆腐宴套餐,就着丰盛得过分的现实呈现,把粥和小菜干掉。不过,那也得三百块现实币呢!唐山再次摇了摇头,收拾了一下平台,站了起来。

但是孙燕来在呼叫他,让他去一趟。

穿过由堆积的线条呈现的办公室,和正要下班或者碰巧看过来的同事们打过招呼——又有几个人变换了面貌,真不知道这些傻瓜为什么要把钱浪费在办公室,不过他没有兴趣去校验他们的现实编号,确定谁是谁。根据办公桌的位置,根据那些人的习惯表情与动作,他基本就知道谁是谁——唐山走进孙燕来的办公室。在一堆线条构成的办公桌后面,坐着马男波杰克,尽管那神态分明就是孙燕来,唐山还是校验了他的现实编号。

"没劲了,没劲了。你什么时候能不这么谨慎?这明明就是我嘛!还校验个什么劲?"孙燕来一脸的丧气,模仿波杰克的。

"那不行,我哪儿知道您找我来是什么事啊!要是公事,我不得先确定您就是我的大领导,孙燕来高级副总裁啊!再说,您整天在办公室玩变身,也玩得太嗨了吧!"说着话,唐山上前,把办公桌前的椅子往外拉了拉,坐下。他掏出烟来,递给孙燕来一只,自己先点上。

孙燕来看看烟,在桌上顿顿,放在鼻子上闻闻。"你小子抽得起这么好的烟?只是障眼法,这么呈现的吧?"

"您可以验证嘛。"唐山伸过火机,打着火。

孙燕来凑上来点着烟,吸一口,手指还在唐山手背上点点。这是孙燕来的周到,嘻嘻哈哈归嘻嘻哈哈,在细节上,他绝不让别人不舒服,尤其是自己的下属。一口烟入肚,再呼出,波杰克一脸的生无可恋,夹着烟的右手嫌弃地往前一伸,搁在桌子上。显然,他明白这烟的品牌确实只是呈现出来的了。

"咳——"孙燕来没有再说烟的事,他咳嗽一声,又抽了一口,"唐山,最近怎么样?工作啊,生活啊,各方面情况。有一段时间没有和你坐下来聊聊了,你还和小若在一起吧?也该把婚结了,稳定下来。"

"结什么婚啊！"唐山默默地抽了两口，吐出一根直线的烟来，"去年就分手了。就我现在这条件，结婚也是坑人家。虽然在一起的两年，已经坑了，但分开对她来说，好歹也算是止损。工作嘛，还那样，每天接进来不同的人，基本还是那些情况。不过，下班前接到一位顾客的咨询，怀疑她已经现实认知障碍。我明天整理一份报告给您，如果对推动公司早日建成现实坐标起到临门一脚的作用就好了。省得今后再接到这样情况不明的咨询，瘆得慌。"

"好。报告不着急，如果现实坐标这么容易推动，也就不需要我们反复动议了。我靠，太意外了，当初看你俩那个黏糊劲，还觉得没有什么能拆散你们呢。"孙燕来看唐山并不准备接话，就在烟灰缸上掸掉烟灰，转换了一下语气，"不说这些了。还记得面试那天吗？你简直就是一只人畜无害的菜鸟！"

"谁让您那么刁难我呢？"不说私事，唐山也轻松了一些。面试的时候，孙燕来确实没少为难他，但他当时就知道，那为难里有着欣赏，并不是为了阻拦而刁难。进了公司，他也发现别人有意无意会把他当作孙燕来的亲信。不过，有时候这也让他困惑，他不知道自己因为什么被孙燕来看重，工作五年来，业绩虽然也算出色，可也绝对谈不上出类拔萃。

"不刁难，你能成长得这么快？"波杰克仰首长嘶，忽然间，切换成了一张喜兴的猩猩面孔。见唐山瞬间被逗乐，猩猩面孔又变成了一张木木怔怔的中年男人脸。"说正经的，唐山，你的表现我一直看在眼里。你这个人吧，能力和责任心都不错，就是少了那么一点,说野心也好,说进取心也行。归根到底,对自己的职业规划不明确。你有没有想过,五年后,十年后,自己会是什么样?会在公司做到什么职位?总不能一直都当个答疑解惑的现实顾问吧?"

"现实顾问没什么不好啊。"唐山随口回了一句,忽然感到气氛有点凝重,抬起头来,对面那个中年男人正瞪着自己,目光冷得有点像冰,他不由自主地坐直了。"不瞒您说,我还真没有什么特别清晰的规划,以前想着能多挣点钱,让小若生活得更好一些,让我妈妈晚年幸福一些,就够了。现在……至少,至少得让我妈妈活得开心一些吧。"

"你和你妈还是那样?"依旧是那副中年男人的面孔,但突然从正事切换到私事,语气又这么关怀备至,唐山还真有点不知道怎么应对。大概也是感到了唐山的不自在,孙燕来又咳嗽了一下,让自己的语气更加自然,"唐山,虽然我不知道你和你妈之间究竟发生过什么,但是你们总现在这个样子不行啊。母子之间,哪儿能不见面呢?有什么话,有什么事,都可以摊开来说。很多时候,不是需要专门去做什么,才能解开心结。只需要说,说出各自的想法、顾虑,甚至是自己在意、介意的部分,就可以了。亲人嘛,还有什么解不开的呢?"

唐山在椅子上动了动,低下头。很多次,他都想看着妈妈,目不转睛地看着她,不停歇不磕磕绊绊地说个够,把能说的不能说的,只要是想说的,都一股脑儿说给她听——这样说完,他就能像刚出生的孩子那样,毫无保留毫不掩饰地面对妈妈了。

但每一次，目光还没有上移到妈妈的下巴，甚至只是扫到她的一只手，就忙不迭地闪开了。嘴里，也都是嗫嚅着吐出一个"妈"，咽下另一个"妈"，就干涩得什么都说不出来了。

　　想到这里，想到这些，唐山苦笑了一下，抬起头来，切换出一脸轻松。"您找我来不是为了谈心吧？有什么话直说嘛，干吗搞得这么亲切温馨？"

　　他又递过一支烟去，孙燕来盯着他好一会儿，接过去，也接受了他点火，仍旧在他手背上点了点。

　　"好，唐山，那我们回到眼前。实话跟你说，在公司里，五年到八年是一个坎，上去了就意味着进入晋升通道，不出大错，后续的升职加薪都会按部就班来，上不去就基本在原地待着，一直做你的现实顾问了。当然，话也不能说死，有熬了二十年不知道怎么回事又上去了的，可是你不想这样吧？好，不想就好。"孙燕来在烟灰缸里掐灭吸了两口的烟，"公司最近准备扩充一些新鲜的后备力量，主要就从现实顾问里面选拔。一个，是直接升为专属顾问，只负责为少数或者一两位顾客提供专属现实服务。专属顾问工作轻松，报酬丰厚，甚至能够得到顾客的额外奖励，不过呢，基本上就被纳入服务序列，天花板明显。另一个，是外派到地方，协助分公司工作，挑战大一些，还有不确定因素，不过更容易得到锻炼，做出业绩来就是今后发展的稳固基石。你怎么选？"

　　"嗯——"唐山不是犹豫，而是好奇，"分公司究竟什么性质？在公司几年，偶尔会听人提起，但总是语焉不详。如果和总部做的事情一样,在这栋大楼不就能实现、解决吗?"

"你呀,真是在公司久了,明明是现实顾问,却丧失了现实感。"孙燕来笑着指了指唐山,"不过,这也是普遍现象,不只是现实顾问,公司的大多数员工都这样。我问你,公司立足与发展的根基是什么?"

"当然是人们的现实需求。大家不再满足所见所闻所知所感,想要见到、置身于不一样的现实,时间、空间的限制都被突破,各种可能都被带到面前,你可以参与其中,甚至主导一切。'一切皆现实',这是公司的广告语,更是咱们的根基、宗旨与目的。"唐山说着,忽然又有了当年面试的感觉。

"你说得没错。"孙燕来点点头,语气却并无多少赞许,"但需求只是需求,它预示了可能,并不提供保证。不过现在并不是面试,没有必要兜圈子。公司之所以发展到今天,起决定作用的,是《知识产权法》与《隐私保护法》代表的意识,每个人自我保护、防备他人的意识,每个人都追求自己想要的现实的意识。这些意识才是公司立足、发展的根基,因为它推动了立法,通过法律规定,除非得到允许,除非从国家层面征用,个人拥有与其相关的现实的决定权。因此,每个人都可以遮蔽自己的现实,也可以向别人呈现自己想要呈现的现实,以收取相应的费用。与此同时,别人可以屏蔽他的呈现,或者让他仅仅以系统默认的几种形象呈现,而无需付费。但如果要看到他呈现的现实,就需要付费,如果要将他的呈现修改成自己想要的那样,还需要再付费。公司成立的初衷,仅仅是充当现实中介,将每一个具体的现实折算成可以计量的现实币,让大家彼此呈现变得可能。在此基础上,公司才发现、引导了人们的现实需求,发展成今天的规模。"

孙燕来这番话揭示了唐山日用而不知的道理,他顿时觉得眼前世界的结构清晰起来。

"您是说,这个根基并不算稳,需要分公司来夯实吗?"唐山试探着问。

这次孙燕来有几分赞许地点了点头,"没错。总有质疑的声音,认为对知识产权与隐私权的保护已经过度,阻碍了社会的整体发展与进步。光有声音不算什么,重点是,总有些区域,因为当时的条件不合适、成本与收益不成比例、权益持有人反对等原因,没有纳入公司的范围,成了一个一个的现实孤岛,成了公司业务版图上的飞地。这些孤岛与飞地的现实裸露在外,供人自由观看,随意出入。其危害,首先是导致公司的版图无法完整,不能进行更高阶的整合与升级,更致命的是,它留下了反思、反对的线索,也提供了人们开辟其他合作方式的试验田。而分公司要做的,就是找出那些现实孤岛的持有人如此做的原因,解决阻止持有人与公司合作的障碍,最终把这些现实孤岛并入公司的版图,使它们成为可以供公司描画、使用的原始现实。以前,分公司还需要和地方政府、企事业单位、学校医院等机构合作,推广咱们的眼镜,扩大公司的业务。现在随着没有配戴眼镜、没有接入公司平台的人越来越少,而且那些越来越少的人能够产生的现实收益与消费也微不足道,这一块已经基本上不再是分公司的关注点。也许,再过些年,分公司真的会如你所说,毫无存在的必要,完全撤销。但在此之前,分公司仍会持续为公司创造效益、输送骨干。"

唐山没有说话。此前他就知道,还有一些没有纳入公司版图、没有被公司覆盖的现实,但久处公司规划并依据个人喜好调节的现实,他的感官已经对那些纯自然的现实失忆了。因此,对唐山而言,孙燕来此刻提供的,不只是工作变动的选择,也不只是职业上升的阶梯,更是把他带到一扇因为关闭的时间过久,而如同从未开启的大门前。他有能力推开这扇门吗?真的推开,走进去,他又打算得到什么呢?

"不过,不需要马上做决定。你还有时间仔细考虑,尤其是想想自己究竟想做什么,想要什么。现在,有一项更急迫、简单的工作,准备派你去一趟。"孙燕来伸手要了一支烟,但没有点上。

"没有被公司覆盖的区域里,有个地方你应该很熟悉,那就是白条湖,距你老家好像也就几十公里吧?套用一句话,被公司覆盖的原因都是相似的,没有被公司覆盖的原因则各有各的不同。白条湖没有被覆盖,原因很简单,权益人不同意。麻烦的是,权益人的承包合同当初一次性签订了六十年,还有三十多年才能到期。合同还约定,到期后,原承包者或者其继承人,有相当大的优势获得继续承包权。承包人老周不同意和公司合作,整个白条湖区域就无法被咱们覆盖,供公司进行整体的现实统筹。根据之前分公司人员的沟通,老周这么做没别的理由，他就是想白条湖是什么样就让大家看到什么样。这么原始的现实，产生的利润当然很低，不过合同规定的承包费用、湖区的维护费用、老周的个人开支，各项加在一起都不高。换句话说，老周并没有感受到足够的压力，迫使他必须和公司合作。"孙燕来说话时，右手比比画画，食指和中指夹着的那支烟也随之划动，如同微型指挥棒。

"您刚才提到他的继承人，也就是说，老周是有家人的，有没有可能从他家人入手？年轻人是很难抵挡咱们公司的现实诱惑的。普通的不行，咱们就为他／她定制现实，按需设置。"唐山趁孙燕来停下，将他手里的指挥棒点燃。

孙燕来仍旧没忘在唐山的手指上点一点，他使劲抽了一口，脸上浮现出抑制不住的兴奋——不知道是真的兴奋，还是呈现出来的。

"你说得很对，分公司的人也是这么想的，他们还和老周的儿子，对，叫周兴，接触过。据报告，周兴的态度捉摸不定，他似乎有兴趣和公司合作，但又似乎对公司抱有敌意，很让人头疼。不过，分公司也发现了一些情况——"孙燕来停下来，又猛抽了一口，"他们怀疑，周兴在做盗版现实的生意。如果真是这样，那一切就很好解释，也好解决了。轻者，可以据此要求老周和公司合作；重者，可以通过当地警方查封白条湖的经营，进而推动地方政府，通过法律途径，解除老周的承包合同。"

"那公司需要我去做什么，寻找周兴盗版现实的证据吗？"

"不需要这么直接。你先去看看,有个基本的判断,然后再和分公司的人协商具体怎么做。毕竟,这家分公司目前没有做过现实顾问的人,他们的判断可能偏差很大。还有,你是协助分公司,你们互不隶属,你直接向我报告。"

0

周兴下了床,走到屋外的时候,天色还是蒙蒙亮。东方一抹浅白,天上还隐约可见残月与可数的几颗明亮的星,湖水拍打湖岸的声音仍旧濡湿、克制,带着催眠的节奏。各种虫子没有歇息,还在奏鸣,早起的鸟儿已经在空中翩跹而过,或者落在草丛、枝头,以尖利的喙寻觅、啄食,偶尔还用上爪子。他深呼吸一口,潮湿、新鲜的空气顺着鼻腔进入体内,在肺腑间稍做盘桓,将微凉在身上扩散,让他精神一振,彻底清醒过来。随后,就闻到了空气中淡淡的腥气,比晚上弱了很多,竟然有一点可回味的甘甜。

从房子这边出发,往码头去有几百米湖堤,这是周兴最喜欢的一段路。尽管走了不知道多少回,可每一次他都放慢脚步,一路走一路探看。每一次,他都会惊讶水面如此寥廓,感慨水波永不停止的进退、跳荡。湖面上笼罩着淡淡的雾气,但仍旧看得到稀稀拉拉的船帆,看得到在船头、船尾撒网或垂钓的影影绰绰的身影,听得到或远或近传来的清亮的渔歌。

到了码头,快艇还系在昨天离开的地方,周兴跳下去,坐好、启动,随着一串在清晨显得过于响亮的马达声,快艇向前驶去。艇身犁开水面,波浪像布匹一样裂在两旁,晨光中映照出略微诡异的灰白色,不时有水珠溅起,洒在周兴的身上、脸上。尽管如此,周兴仍觉得湖面格外悠远,听到的声音也格外多,仿佛快艇和它的声响是放大器,把远远近近的水虫水鸟声、渔歌声、呼喊声都招了过来,还有些鱼,不知道是因为晨光而兴奋还是被快艇惊扰,跃出水面或者互相追逐,发出了清泠的鳍与尾拨动水的声音。

往前开了快一个小时,天光完全放亮,东方也逐渐露出由下向上的烧红,那红并不耀眼,更不可怖,而是柔和地镀了一层微光似的,让人欣悦。那个小黑点也适时出现在远方,望过去,它恰好在周兴与东方那片火红之间。"这倒好,迎着太阳去了。"周兴说出了口,不过这声音没在湖面上留下丝毫痕迹,就仿佛那个黑点随着那片火红的加深,而消失在视野里。周兴不管这些,他只管朝着太阳的方向而去。

当太阳露出小半块羞怯的毫无力量的红时,周兴已经开到那个小黑点面前。那不再是一个小小的随时可能消失的点,而是一艘船,上下两层,船尾安放着一个泛着银光的大型信号接收器。周兴将快艇停靠在船的一侧,抓住垂下的绳梯,爬到一楼,然后从甲板绕到另一边,沿舷梯上到二楼的船尾。他没有直接去船舱,而是站立了一会儿,等着太阳完全从水面浮出来,褪去湿润的红光,露出赤白的里子,将赤白的光和无可抵御的热量抛过来,铺在水面上、甲板上,铺到他的脚下、脸上和身上,他才转身拍了拍信号接收器的架子,向船舱走去。

船舱和昨天他离开时差不多,各种高低不同的仪器、粗细不一的管线成堆成团地码放,互相连接着。本来不大的空间,被弄得井井有条,又有着迷宫般的缠绕、回旋气质。周兴按照游戏规则,在迷宫间斟酌、进退,花了一点点时间,破解了不多的变动,顺利走到尽头。那儿是一张行军床,棕垫上和衣躺着那个瘦长的身躯。周兴正犹豫着要不要叫醒他,小邱就睁开了眼睛。小邱睡意未去,有点木愣愣地盯着周兴看了一会儿,才一骨碌坐起来,双手在脸上一阵揉搓。

"周哥,来啦。"说完,他又不好意思地挠挠头,"你先坐着,我去抹把脸。"

小邱匆匆从迷宫上跨过去,走出船舱。不一会儿,船尾传来水桶扔进湖里的声音,然后是抹脸的声音,然后是长久的静默。周兴当然知道小邱在做什么,虽然他也很想听到小邱的说明,但也不急在这一时。又过了一会儿,小邱走了进来,他的脸和头发都显得干净利落,不过脸上的神色有一点沮丧,周兴大致猜到了结果。

"又熬了个通宵?"周兴先岔开了话题。

"那倒也没有,三点多睡的。不过压根儿没有睡踏实,全是乱七八糟的梦,闹哄哄地扯挤成一团,更替得特别迅速。一会儿是风平浪静,一会儿是风大浪急。出海、救急、官船、海盗……轮流上阵,快在梦里演上大片了。我是不是太日有所思夜有所梦了？白天干的那点儿事，全在梦里走马灯放送了。"

"睡觉前做的事本来就很容易带到梦里去，尤其是强刺激性的。"周兴说着，好奇心起，"你选的什么现实？怎么元素这么多？"

"两个现实：一是跟着郑和下西洋，一是跟着郑寡妇做那波浪中来去，不要本钱的买卖。嚯，周哥，你别说，这超级现实公司够时髦的，那郑寡妇虽然不至于一身比基尼吧，但那模样，那身条，那一身短打扮，真是够惹人的。难怪当时有那么多人供她驱策，为她卖命。"

"瞧你那点出息！你没有做出什么不合适的事来吧？"

"没有，这点忍耐力我还是有的。再说了，我进入的本来就是系统配置的一艘海盗船，不过是借船长的眼过一番干瘾，真要操控他做点什么，也没那么容易。"

"那倒也是。有没有发现什么不一样的？"

"还真有。我侵入系统的时候，耗时比原来长了不少，我留意了一下，足足花了五分钟才进去。这还不算什么，游历的过程中，有两次界面都出现了延时，最后干脆将我赶了出来。这也是我为什么会从郑寡妇那边切换到郑和那儿的原因，等到郑和那边也将我赶出来之后，我确实失去了兴趣。要不然，说不定又会熬一个通宵。"

小邱发现的这两个情况代表什么？周兴陷入沉思。耗时长应该问题不大，系统运行速度降低、船上的信号不稳定，都可能导致这一情况。两次在游历进行中经历延时，最终被赶出来，这会是什么原因？如果系统捕捉到小邱的入侵，应该很容易锁定他的现实编号，虽然这个编号也是从别的用户那儿"借用"过来的，但至少不至于换个游历现实又能进入，毕竟周兴告诫过小邱，一次只用一个现实编号，一旦察觉被锁定就要迅速退出，绝不留下任何可能的纰漏。也许还有一个原因，那就是整个系统在升级或者游历现实在升级，周兴听说过升级前后给用户带来的不便，但基本上都在现实体验方面，没听说系统运行上也有。不过这也没什么，找时间确定一下那个时间段是否有系统或游历现实的升级就行，眼下，还有别的更重要的事。

想到这儿，周兴一抬头，发现小邱正疑惑地盯着自己，忙宽慰道："没事，没事。我猜是升级或者什么原因，这两天咱们确定一下，你记得把痕迹擦除干净就行了。咱们说正事，你刚才在外面感觉怎么样？"

"对，差点把这事给忘了。"小邱想了想，"感觉有点怪怪的，我也说不清具体怪在什么地方，湖还是这座湖，水还是这些水，船也还是咱们脚下的这艘船，但是总觉得哪里不一样，和前几次差不多。嗯，我再想想，是了，从那个系统回来之后，总感觉身边的这些东西不完全真实，不能说是假的，就像——就像上面涂了一层透明的无限薄的保护膜，丝毫不影响触碰与观看，甚至还更加牢固，但你就是知道，和它们隔了一层，没有完全零距离的接触。"

"小邱，你说得太贴切了！我也始终有种怪怪的感觉，被你一语道破。摘下眼镜，脱离公司给定的现实，这种感觉会慢慢消失，不过，随着进入的次数越多，在里面待的时间越久，这种感觉持续的时间也越长。但我也在想，会不会是我们先入为主了？毕竟这种感觉没有实际证据的支持，我也从来没看到有人说起过它。会不会也和我们的设备、我们侵入的方式有关？总之，我们目前得到的结果无法加以普遍地证实，更无法断定超级现实公司明明知道，却隐瞒遮掩，损害使用者权益。"无数种可能在周兴脑子里闪动，让他言辞很是审慎。

"周哥，你把这个公司想得太好了吧？你看他们的服务与收费越来越精细，打定主意要把使用者终生拴在系统上，成为他们的奴隶。"

"不，我不会把任何公司往好了想，只是要想想他们的逻辑。用'奴隶'一词可能偏激了，但至少事实上，超级现实公司是希望所有用户一旦加入就终生使用的，而且他们也希望能把整个世界都纳入公司的版图，所以才着急要把白条湖并过去。正因为如此，他们不太可能允许如此明显的纰漏存在，这会是个巨大的隐患。嗯——咱们要抽空继续验证，看看出入系统会带来什么影响，看看沉浸于公司提供的完美现实后，咱们置身其中的现实会变成什么模样。次数要更多，记录要更详细，哪怕是完全主观的感受，也记录下来。"

"好。可是我不明白，明明周叔和你都决定不与超级现实公司合作，不把白条湖交到他们手里，变成他们使用、涂抹的原始材料，为什么还花这么大心思做这些事？"

"是啊，为什么要操心这个呢？！"周兴反问了自己一句，站起来往舱外走,小邱跟着他来到外面。两个人默默地看着浩渺的水面,这时太阳已经洒下它全部的烈怒,湖面上每一片水波都甩出刺眼的光。周兴伸出手来,在面前挥了一圈,像是要抚摸这些水波,又像是在抵挡它们甩出的光。

"白条湖有今天的样子,我爸花费了巨大的心血、精力。"周兴说着,掉头看着小邱,"小邱,你可能不相信,我对白条湖的未来比较悲观,我觉得超级现实公司迟早会整合全世界为其所用,就算我爸有合同在手,有法律做后盾,白条湖恐怕也保不住。绝对不要低估这种公司的能量,他们为了目的可以使用任何手段的冷酷程度,也远远超乎咱们的想象。我可以和公司耗下去,斗下去,可要是让我爸下半生的精力都花在这上面,就要想想值不值了,不管怎么样,他过得开心对我来说才重要。"

"周哥,我没明白你的意思,你是说,要把白条湖交给超级现实公司吗?"与其说小邱不明白,不如说他不敢相信。

周兴拍拍小邱的肩膀,"没那么简单。我不是说了嘛,我爸过得高兴最重要。如果白条湖在公司的运作下,给所有人提供了不一样的感受,就比如你昨天晚上,这片湖可以变成郑和七次来回的西洋,也可以变成郑寡妇风浪里出没的战场——如果在这些公司描画出来的现实之外,白条湖还随时成为它本来的可以供人无间出入的现实,那至少对我爸也算是个交待,也可以算他做出的更大贡献。可一旦纳入公司的版图,白条湖就失去了本来的面目,那就是毁了他前半生的心血和精力,我绝对不会同意。"

"周哥,我还是不明白——"小邱不好意思地挠了挠头,这次是真的不明白,"就算白条湖纳入超级现实公司的版图,被描画成每个人面前不一样的现实,但它本来的样子始终在这儿,怎么会失去呢?"

周兴乐了,"小邱,你问了一个高深的问题。如果所有人看到、感觉到的白条湖是另一个样子,那它还是本来的样子吗?它还有本来的样子吗?"

周兴的手机响起,打断了两个人继续探讨高深的问题,是周兴他爸的电话。

"周兴,刚才那个什么分公司的什么柳经理又给我打电话,又问咱们愿不愿意和他们合作。哎呀,他们真是苍蝇一样,烦都烦死人。"

周兴扬扬手机,冲着也听到了的小邱一乐,"爸,我不是说了嘛,你要有兴趣或者闲得无聊,就接她的电话,只当有个人陪你说说话,解解闷。你要是不想搭理她,不接就是,不要管她说什么。实在不行,让她找我。"

"我是得让她找你,这么纠缠我可受不了。"电话那边停了一会儿,不知道是因为心烦还是什么,"不过现在不是要和你说这事,你去一趟南岸,把你孟叔接过来,让他过来住几天,我想和他喝喝酒,聊聊天。"

1

妈妈的呼叫响起时,唐山还以为是闹钟。他迷迷糊糊拿过闹钟,摁了半天,响声仍在持续。定了定神,清醒了一些,明白是手机在响,摸过来一看,是妈妈的视频请求。像冷不丁被扎了一针,唐山腾地坐了起来,再看看手机,完全清醒过来,清醒得过度,以致无法相信,以致手足无措。但手机还在响,他不能让妈妈久等,更不能让她挂断。

点了"接受"后,唐山下意识地紧闭双眼,感到时间在眼皮上流动得越来越慢,卧室静得快要坍塌,他慢慢睁开眼,注意力集中到手机屏幕上。那里也有一双眼睛正盯着他,极力抑制着情感的流露,因而睁得有些过大,湿润得有点失真。目光再一点点松动,放到眼睛所镶嵌的那张脸上,依次放到眉毛、额头、脸颊、鼻子、嘴唇、下巴上,扫描一样看过去,最后,拼成一张完整的在哪里见过,却又无法准确及时从记忆里打捞出来的脸。

"儿子,还在睡觉吧?这么早吵醒你,妈妈实在想你,想和你说说话——想看看你。"妈妈是笑着说的,声音有点发颤,笑完还抿了抿嘴。

唐山这才对这张脸有了更多的认知。它不完全符合他的记忆,却是他一直想看到的。当然,毫无疑问,它现在比他想看到的更好,皮肤更为光洁,五官更为精致,表情更为生动,精神更为饱满。换句话说,它比他记忆中的优化了一些。优化的力度并不过分,不至于他认不出来,却又明显超过了记忆的限度。不过,唐山也不敢断定,这张脸从没有在现实中存在过,他更不敢说,它的呈现是虚拟的,是超现实眼镜通过眼睛刻意提供给他的错觉。毕竟,妈妈最风华正茂的时刻,这张脸最美好生动的时候,也许都是在他出生以前。不管怎么说,他能看妈妈的脸了,有了脸的妈妈才是完整的。

"妈妈,没事,我也该起床了。你,你最近怎么样,状态挺好的吧?看你的模样,简直像是年轻了几十岁,要不是电话号码没变,要不是你先叫我,我都不敢喊你妈妈了。"

"儿子,你嘴怎么变得这么甜了?"唐山说得僵硬,妈妈接得也僵硬,但就是这样僵硬也顺利地度过了起初的不自然。再往下说,就流畅多了,"最近挺好的,就是啊天天住在医院里,除了在巴掌这么大的地方转悠,哪儿都没法去,在外面待的时间稍长一点,医生也吓唬你,护士也吓唬你,就好像我不是从外面来到医院,而是生下来就在医院里待着似的。"

"那就听医生、护士的吧,他们毕竟是专家,知道怎么样对你身体更好。等你好了,我请假陪你游山玩水,走遍天下。之后,我得让你到这边来,和我住在一起了。"

"好好,到时候妈妈和你一起游山玩水,妈妈和你住在一起,妈妈照顾你,不,让我儿子好好照顾妈妈。"妈妈停了一停,"儿子,你,你有可能什么时候出差,顺道回趟家吗?"

"妈妈,应该很快就有机会。"昨天孙燕来说让唐山去趟白条湖时,他就想着,必须回去一趟,看看妈妈。尽管可能还是和以前一样,面都未必能见上,就又匆匆离开,但还是必须去。现在,妈妈有了这等模样,不知道见面更容易还是更困难。但再困难,妈妈都迈出了这一步,余下的就得自己去解决。唐山下定了决心,但还是想,暂时不告诉妈妈确切的日期,他想给妈妈一个惊喜,也给自己一个缓冲。想定这件事,唐山才记起,自己忘了另一件重要的事。

"妈妈,你什么时候装上的超现实眼镜?之前从来没有听你说起过啊。"

妈妈再度抿着嘴,然后不好意思地笑了,仿佛是在笑自己对儿子都还这么保留。"儿子,我也不懂,就是想看看你,也想让你看看妈妈。他们给我介绍了小邱,小邱不但帮我装上了眼镜,还为我调整了状态,你现在看到我的样子,也是他帮我调出来的。说起来,还真得谢谢人家小邱,收费又便宜,服务又好,态度特别和善……"

"妈妈,你等等。"虽然已进入公司五年,并且做了三年现实顾问,唐山对公司花样繁多的服务项目仍旧无法了如指掌,不过有一点他非常清楚,不管是哪个类别的服务,顾客装上超现实眼镜时,都会至少向一位直系亲属发送现实编号以定位。他并没有收到妈妈的现实编号,这说明,要么有人省略了这个过程——他听说过有些盗版现实的人能做到这一点,不过并不清楚其方法——要么,就是妈妈指定了别人,从法律层面来说,这仍然有问题,毕竟,他和妈妈称得上是彼此最亲近的人。但一时间，唐山也没法向妈妈解释清楚，好在，他很快就能回去，当面了解清楚。

"妈妈，你离手机更近一些，最好能够让我直接看到你的眼睛。"唐山采取了更间接的方法。

"怎么啦，儿子？"妈妈一头雾水，但她还是将手机举到眼前，开始是两只眼睛，然后又移到右眼上。妈妈的角膜上确实贴着一层蓝色淡到几乎没有的膜，看起来，和公司上一代的超现实眼镜完全没有差异。难道是升级换代后，地方医院操作不严密造成的？

"好了，恢复成正常的距离就行。没事，我就看看你的眼镜，现在看清楚了，没有任何问题。我真是太粗心了，都不知道有这么大的变化。刚装上没几天吧？贵吗？我现在都搞不清楚不同代的眼镜在不同地区、对不同身份使用者的价格差异。"唐山说话时，密切留意着妈妈表情的变化。

妈妈并没有出现任何负面或消极的情绪变化，还是那样精神饱满。

"你也觉得好吧？前天装上的，我昨天试了一天，所有人都说好，有人夸妈妈比你还夸张，我这才放下心，决定今天和你见一见。钱的事情你放心，小邱说，给我用了上一代的镜片，并且申请了公司的特别优惠，总共下来，价格还不到原来的十分之一。小邱这孩子，还真是帮了我一个大忙。"妈妈的面容仍旧那样精力充沛、神采奕奕，但说话久了，就不可避免地带出了老年人和病人共有的重复、絮叨。

唐山不忍心让妈妈老是对着手机，这么紧绷，可他又确实想再多看妈妈几眼，就算这样一直看下去，都觉得不够。他想把以前没看的补回来，但他又知道逝去的时间无从弥补，于是唐山的眼睛越挨越近，整个人恨不得趴到手机上，仿佛那样一来，就能真的挨着妈妈，看个够。

"妈妈，你身体怎么样？"他停了停，又说，"等我回去时，让我看看你现在真正的样子，好吗？"

妈妈呆在了手机那边，不知她对这句话是期待，还是畏惧。然后，妈妈展现了一个微笑。

"傻儿子，妈妈的身体没事，你现在看到的不就是我嘛。放心，我在医生、护士照顾下，状况很好，现在小邱帮我装上眼镜之后，看到了很多以前没有看到的世界，心情更是前所未有地好。你就放心工作吧，等妈妈好了就过来照顾你——不对，要按照你说的，妈妈先和你游山玩水，然后才过来照顾你。不，让我儿子照顾我。咱们母子俩互相照顾。在那之前，你答应妈妈，好好照顾自己，工作再忙再辛苦，也想着一天三顿都得及时吃上，都得吃上热的。事情再多，也要注意休息，人总归不是铁打的。唉，要指望你把自己照顾好太难了，等什么时候你结了婚，妈妈才真的放下心来。不过，我也顾不过来了，再说，不知道是谁家姑娘那么好的福气，让我这么好的儿子一直等着。"妈妈说到这里，有些咳嗽带喘，过了一会儿才抑制住。

"好了，就先这样，你赶紧去上班。有时间了你就给妈妈打电话，妈妈再看着你，和你说话。"妈妈在屏幕里再次露出了唐山有点陌生的微笑,还招了招手。

0

接上老孟再回到周兴和父亲住的北岸,已经下午两点多。

老周在门口的院子里摆弄着钓竿,一看见老孟,兴奋地站起来:"老孟,你可算来了。走,咱俩去把晚上吃的挣出来。"

"爸,孟叔刚到,你就不能让他先歇一歇,喝口水?"周兴见惯了这老哥儿俩的相处,可仍旧忍不住要逗逗父亲,"再说了,是你派我去请孟叔过来,好菜好酒招待都是应该的,你说'挣出来',怎么感觉像是要压榨孟叔啊?"

老周嘿嘿一乐,"你懂啥,自己挣的,吃喝都香。不只老孟,你也得跟我们去!"

这周兴倒没有想到。他知道老哥儿俩喜欢一起钓鱼,可从来没有叫过他。他也钓过几次鱼,但都没多少收获——他受不住那份静,常常搅得其他钓鱼的人跟着心烦意乱。

老孟看看老周,再看看周兴,又指着门口灰色墙面上那五个黑色柳体字——白条湖饭庄,说:"你这买卖不做啦?"

"暂时歇业。你看现在有什么人来?周兴,你去准备船,以你孟叔和我的技术,只要你不捣乱,不到晚饭点,就满载而归了。"

"爸,你这话说得,我是去还是不去啊?让我去就是为了背锅呀？"

"去，去，当然去，不去晚上可没有鱼汤喝。"老孟哈哈笑着，拍了周兴两下。

周兴驾着船，老周和老孟坐在船尾。老哥儿俩也不说话，一个人掏出烟来，给另一个递上一支，自己也点上。两个人默默地吸着烟，吸完了扔进挂在船舷上的可乐瓶子里，仍旧一句话都不说，可是那沉默却醇厚、绵密，散发着无法用语言形容的默契和吸引力。

船没开出多远，就停了下来。老周拿出拌好的麦麸和米糠，在船的一侧往前撒了一圈。然后老哥儿俩又点上一支烟，坐在椅子上看着水面。周兴准备好塑料桶、水杯后，也搬了一张椅子过来坐下。这时，开始有鱼出现。那还是不成群的，有些怯怯的鱼。它们在水中穿梭，用脑袋、身子和尾巴触碰饵料，待饵料被它们碰散，成一团沫时，才谨慎地几番吞吐，吃了进去。大概是饵料的味道散开了，或者先头那些鱼的偷吃被发现了，再出现的鱼就成群结队了，它们管不了那么多，在水面上横冲直撞，互相争夺，见到什么就一口猛吞进去，根本不管是否危险，吃相是否难看。

老周拿出准备好的小虾，给自己和老孟一人分配了一根鱼竿，"老孟，咱俩比一下，不论斤两按个数，看看谁钓得多。输了的人，也没有别的惩罚，喝酒的时候，先给对方敬一杯吧。"

"老周，我就佩服你，明明知道会输，还要挑战。咱说好，敬酒的呢，得站着。"老孟不甘示弱，他又指了指另一根多出的钓竿,"你把那个给周兴,说好了,周兴要钓得多,咱哥儿俩一块儿站起来敬他一杯。"

"就这么定了。"老周把钓竿交给周兴。周兴想推辞,他不是担心两位老人给自己敬酒,而是怕自己一条都钓不上来。倒不是结果难看,而是过程熬人。不过,他看见老孟忽然冲自己挤了挤眼,便糊里糊涂地接过了钓竿。

果然如周兴所料,那些白条鱼就像知道老孟和老周在打赌,并且各自已经选好阵营,下定决心要帮助其中一方获胜似的,从鱼钩带着小虾扔进湖中起,不到五分钟,就有一个人扯动钓竿,一条闪着银光的修长的鱼就摇摆着脱离了水面,被摘下来,扔进塑料桶里。而周兴这边,鱼也欺负人似的,不断拽他的饵,可无论是浮标一动就起竿,还是等浮标被拖到水下看不见了才起竿,他见到的,都是钓线尽头那空空的干干净净的鱼钩,鱼钩上还挂着一两个小小的水滴。没多久,周兴就失去了耐心,索性收起鱼竿,纯粹当个观众。尽管只要看见浮标在动,他就恨不得提醒老周老孟注意,但感觉还是比自己钓轻松多了。

下午四点多,鱼饵用光,数下来,老周老孟都钓了二十三条,两人相顾大笑。周兴帮着把两个桶里的鱼倒在一起,看着四十六条小刀子一样在水里钻来钻去的白条,他也很高兴。随后,他发现装鱼饵瓶子的瓶盖上还粘着两只很小的虾,便取下来放在手掌里,让老周老孟看了看,说:"这下你俩可以一决胜负了,谁先钓上来算谁赢吧。"

老周摇摇头,"这太小了,估计不会有鱼上钩。"

老孟也摇摇头,然后又点点头,"这样吧,周兴还没钓上来,你把两只虾串一起,只要钓上来的比我们的都大,就算你赢。"

周兴摆摆手,正要拒绝,老孟走过来拍拍他说:"别怕,我看着,我叫你起的时候,你再扯竿。扯的时候要迅速,但不要太猛。"

扔下去没多久,鱼漂就动了动,周兴有点急,但想着老孟在身后看着,就又按捺住了。他看了看坐在远处的老周,老周点了一支烟,正悠然地望着湖面。不过,周兴感觉,老周肯定在关注着自己,他甚至是在假装悠闲。忽然,老孟拍了他一下,周兴回过神来,按照老孟说的,迅速回了一下竿,手里沉了一下,有鱼上钩了,他再往上扯,没扯动。

老孟兴奋起来,"好家伙,看样子不小!你别慌,别使劲扯,小心扯断线。它往前拽,你就随着它去一点,然后再慢慢往回拉。遛它几个来回,等它累没了力气,就听你的摆布了。"

周兴按照老孟说的,保持着鱼在钩上,看似随着它不断往前去,实际上只是钓线和鱼钩在水里兜着圈子。僵持了好一会儿,鱼挣扎的劲头小了,慢慢被拽到了船舷边,老孟用网子捞起来,三斤左右的样子,鱼身上的银光更加沉着、深厚。

"这下好,有炸鱼吃,有鱼汤喝。"老孟特意冲老周晃了晃手里的鱼,才扔进桶里。

回到饭庄,周兴看着父亲把大鱼炖下——老周做鱼汤时,不允许任何人插手——然后帮着父亲把小鱼收拾干净,待他开炸,才把父亲中午就准备好的炸花生端出去,开了一瓶酒。

"我爸也太抠门了,就拿一盘花生米招待孟叔。"周兴嬉笑道,他知道老孟不介意这个。

"炸花生可是好东西,"老孟摆了摆手,"要我说,这世上一等一下酒的,就得是炸花生米。你爸炸的白条,也就勉强能和炸花生打个平手吧。不过,和你爸熬的白条汤比起来,这两样又逊色了不少。白条汤一喝,有没有酒都不重要啦。几十年前起,你爸的白条汤就是湖区一绝。浓而不稠,香而不腻,肉嫩无刺。传说中,汤熬得差不多了,你爸用筷子撑住鱼嘴,轻轻一抖落,就把整个鱼骨鱼刺从肉里拔了出来,关键是,肉还不散,不至于熬化。"

"你又在这儿讲神话呢?讲了几十年,都讲到自家孩子面前了。"老周端着炸好的小鱼出来,听见老孟的话,有点不好意思。

"神话才是事实嘛。"老孟待老周坐好,让周兴也坐好,倒好三杯酒,"老周,来,大人有个大人样,说话算话。咱俩敬周兴一杯,要不是周兴,今天肯定捞不着鱼汤喝。"

老周笑了笑,端着酒杯站起来。周兴慌忙也站起来,双手捧杯,和老孟、老周逐一相碰,先自己干了,"孟叔,怎么说也该是我敬你们。"

说着,他拿过酒瓶给三个杯子倒满,自己先站起来,一口干掉。老孟也要站起来,被老周止住,也就坐着喝掉了。接下来,就又回复到寻常的模式了,老哥儿俩拿着筷子夹花生,夹鱼,端起杯子喝酒,除了一声"干"几乎没别的话。周兴陪在一边,也觉得没有那么多话挺好,他除了不时跟着喝一杯,就负责照看两个人的酒杯,谁没了就给倒上。一小时多一点,三个人喝光了一瓶酒。

老周又开了一瓶,这一次他右手持着酒瓶,左手搭在右手腕处,给老孟满了一杯。这在当地是很正式的礼了,老孟也因此站了起来,端起酒杯看着老周,等他说话。

"老孟,咱哥儿俩认识这么些年了,从来没有客套过。今天,当着孩子的面,我要跟你道个谢,谢谢你把这湖交给我,让我现在有一个自得其乐的地方。"老周说着,红了眼睛,端起酒一饮而尽,"别的不说啦,都在酒中。"

老孟看着老周好一会儿,眼睛也有点红,他喝了杯中的酒,阻止了周兴添酒,拿过酒瓶,以同样的礼节给老周满上一杯,不过他压住老周的肩膀,没让老周站起来,哥儿俩坐着又喝了一杯。

"老周,要说谢也该,不过不是你谢我,是我谢你。不是为了我当年那小小的职位,是为了这湖,为了生活在这周边的人。你说那时候这湖多糟糕,又脏又臭,尤其到了夏天,像是煮开了一样,泛着一阵一阵的泡沫,看起来就像是一块上百里大的脓包。你不知道,当时有人提出了多混蛋的建议,说把这湖里的水全排干,这样不但能止住臭味,去掉一块膏药,还得到多少多少稻田,都是良田。我就问了一句,稻田是有了,你们从哪儿找水来灌溉?这些人就不说话了,都冷眼在旁边看,看我怎么办。那时候要不是你,提出来用自己挣的钱,为这湖清污、治理，我还真不知道怎么下得了这个台。"老孟说到这儿，停了下来。

周兴顺着老孟的目光，看见从门口走进来一个三十岁左右的青年，衣着举止都有些像白领。青年发现大家在看自己，又往前走了几步，周兴注意到了他眼中的超现实眼镜。

"大叔，现在营业吗？"青年问。

"营业，随时营业。来点什么？"老周应着，站了起来。

"能填饱肚子就行，实在有点饿了。"青年说着又吸吸鼻子，"什么啊，这么香？"

"好嘞，你坐。"老周指了指旁边一张桌子，起身向后厨走去。

青年没有迟疑，走过去坐下。他冲周兴和老孟点点头，二人也点头回礼。

周兴满上一杯酒，"孟叔，我也不站起来了，这杯敬您。我知道您和我爸多年兄弟，但以前确实不知道这湖身上还有故事。听我爸说，这湖的合同除了签了六十年，还有其他的优厚条件，想必您没少为此受委屈。"

老孟摆摆手，"委屈谈不上。开始吧，大家都觉得是个烂摊子，好不容易有你爸这个傻子要自己掏钱收拾，人人都松了口气。是啊，人家得图点啥，承包，行；前期费用折算成承包费，不够的再补，合情合理。那时候大家都觉得我运气好，摊上个傻子，没什么闲话，最多是有的人嘀咕，说这个傻子可能居心不良，说不定将来会把湖搞得更糟。后来，这湖清理干净，有了新鲜样子,各种消息传来,说值多少钱,就有人开始翻账、找事,把我也查了个遍。可是没什么问题,再加上合同在那儿,还都经过公证,他们知道没办法,也就不再言语了。"

老孟说完,长舒了一口气,看来不管有没有委屈,愤怒是肯定有的。

"老孟,你这么被折腾,多半都是那,那什么公司——"老周在后厨忙活,一点儿没落下这边的话。他端着一海碗,放到那青年面前。碗里是一把青菜浮在白汤上,看不见更多内容,但光是颜色搭配就足以唤起食欲。

"超级现实公司。"周兴补充道,他发现那青年正要伸筷子捞面,忽然停下来,望了过来,看到周兴在看自己,又低下头去。

"对,就那公司。说是现实,一点儿都不现实,整天骚扰我,说要合作。你说合作就谈合作吧,又扯什么可以让这湖在大家眼里变成海变成西湖变成洞庭湖,这不是鬼扯嘛,我要白条湖变成这些干吗?要看海就去海边,要看西湖洞庭湖直接去,在这瞎找什么感觉?!"

老周说完,气哼哼地坐下来。不过那青年吃面的馋相很快吸引了老周,他盯着那吸溜吸溜进入青年嘴里的面条,满脸的疼爱、欣慰,"哎呀,慢点,慢点。别烫坏了。"

"就是,就是,别猪八戒吃人参果,领会不到老周的手艺!"老孟乐着,端起酒杯,和老周碰了碰。

青年不好意思地笑了笑,"好久没吃得这么香了。不只解饿、解馋，更唤起了我的回忆。"

说完，他又端起碗喝了几口面汤，放下碗来，一脸的满足。

"吃也吃饱了，过来喝两杯吧。"青年吃面喝汤的样子让周兴很有好感，便出言邀请。说完，也不等青年回答，就回柜台拿了一个杯子，给满上酒。

"那我就不客气了。"青年爽快地坐过来，"不瞒您三位，我也是这儿的人，老家离这儿不到一百里。小时候我和我爸来过白条湖一次，那时候湖边还没这些平顶房，就是三间小青瓦，还搭出来一间草棚做厨房。那天我爸说，让我吃顿一辈子难忘的饭，就点了一份清蒸白条。那鱼得有四五斤吧，反正我俩美美实实地吃了个饱。那以后，我再也没有吃到那么美味的鱼。没想到，刚刚这面条，这面汤让我时隔这么多年，找回了记忆中的味道。就为这个，我得敬您三位一杯。"

"这就岔了！敬酒可以，但就你刚才说的话，你好好敬老周就行，一杯不够两杯，两杯不够三杯。敬我就说不上了，我最多算是陪的。"老孟笑着说。

"当然要敬你了。不然，我刚才那番话白说啦？！"老周迅速反驳。

"好好，照你这么说，也得敬周兴。可能啊，更得敬周兴。这孩子，真是难得。你看多少人家，多少父子，就为了一点小利，撕扯得不成样子。老子喜欢的中意的，想守着安度晚年的，儿子非得折腾掉折腾没，非要出手。周兴呢？人家不但不这样，还什么事都任随你，守着你，跟你搭伴，帮你做事。"

老孟义正词严，说得周兴有点窘，又不知道该怎么应对。幸好那青年端着酒杯站起来，解了围，"是我失礼了。这样，我分别敬三位。"

说完，他拱拱手，喝干杯中酒，又倒了两杯，连着一饮而尽。

"哎哟，这小伙子我喜欢。"看到青年这豪爽劲，老孟眉开眼笑，"来来，坐下坐下，来点炸鱼，来点花生。"

待青年坐下，老孟再度看着老周，"老周，你刚才说那超级现实公司，你可真别小瞧了他们。这公司，现在势力可大了。你不好那个，不知道，现在的人，尤其是年轻人，都喜欢装上他们公司的一种眼镜，这样就能向公司订购看到的世界，你想要什么样，公司就给你定制、提供。周兴，你装没装他们的眼镜？小伙子，你是不是也戴着这样的眼镜啊？"

周兴很是窘迫，看了老周一眼，用小得不能再小的声音说："我装过，装过。"

那青年倒是大大方方地指着自己的两只眼睛，"是，我戴着。现在不光是年轻人，大多数人都戴，不戴都没法跟人打交道。因为所有的东西都有知识产权、隐私权，如果不购买，什么都看不到，也就是到了这儿，因为湖的权益没有售出，所以我能直接看到。"

"你看看，小伙子说的这才是潮流，咱们早跟不上了。"老孟说着，笑着摇了摇头。

"跟不上就不跟吧，让他们热闹去。你说那公司势力大，可再大也大不过法律吧。就说那女的，说得那么天花乱坠，我说'我不想掺和那些事,也不想要那么多钱,你说的那个多好多好的世界,我不感兴趣',她不也只能转身走嘛。"老周不以为然。

周兴清了清嗓子,正要说话,一阵铃声响起,那青年一面举手致歉,一面掏出了手机。青年看了看来电,脸色突然有些凝重,但还是接通了。

"您好,我是唐山。您好,翟医生。啊——"唐山脸变得煞白,浑身都抖了起来,"什么时候的事?好。好。我马上赶过来。"

挂断电话,唐山张了张嘴,什么都没说出来,又冲三人点点头,慌乱地走了出去。

虽然不知道具体发生了什么,但老周、老孟和周兴都猜到一定是不好的事,因此三个人望着唐山已经消失不见的店门口,都沉默了。

1

医院前台的护士听了唐山的话,拨了内线,只听她对电话那头说:"翟医生,唐山先生到了,他说是您通知他过来?好的,好的。"挂掉电话,护士示意唐山跟着自己走,她把他送到一楼的休息室,指着一张空椅子说:"您请坐,要喝点什么吗?"

唐山摇了摇头,护士仍旧送过来一杯水,才转身离开。唐山手里端着水杯,茫然站在那里。医院很忙碌,人来人往,进进出出。休息室里还有几个人，都端着水杯，呆站在那儿或者陷进椅子里。唐山也想陷到椅子里去，但他没有力气走过去，也没有力气去辨认其他人的脸，他甚至没有力气去回想刚才翟医生在电话里的语气。

"唐山先生，你好。"总算走进来一个身着白色大褂的人，他说着话，伸出手来，看唐山没有握手的意思，也很自然地收回了。

"我姓翟，一个多小时前，给你打的电话。"他说。

"翟医生，你好。我妈妈她怎么样？"

"令堂——令堂在我们通电话的时候，已经……辞世了。唐先生，唐先生？保重，请节哀。唉，对此我们很难过。令堂清醒的时候，嘱咐过我们，让我们不要代为和你联系，尤其是在——在她弥留的时候，一定不要折腾你。令堂说，我们要在她咽下最后一口气，离开这个世界之后，再和你联系，她说你会理解的。我们也没办法，毕竟令堂的相关安排是通过律师，向医院移交了法律文书的。"

唐山深吸一口气，能看得清翟医生的脸，也看得清他的表情了。翟医生脸上仍有几分忐忑，过分专注地看着他，唐山明白，翟医生是怕自己找麻烦。尽管医院这么做完全没问题，但真要遇上不讲理的，光扯皮也很耗费时间、精力。唐山长吁一口气，看着翟医生，"你放心，我能理解，这是我妈妈做事的方式。现在，能带我去看看她吗？看看——"

翟医生自然明白唐山的意思，他点点头，示意唐山跟着自己走。

"唐先生，说出来你可能会安心一点，令堂走得很安详，基本上没有受折磨。昨天一大早，她忽然精神无比振作，不排除是因为她有了一个显现的形象，并且这个形象比正常人还健康活泼精力充沛，因此形成对比，给大家造成了错觉，可实质上，她的整个生命体征也确实都有好转，至少也很稳定。老实说，当时我们还开会讨论来着，有人说是好转的迹象，也有人说，可能是回光返照。因此，我们做了两手准备，一方面是进一步治疗，一方面……一方面是以备万一。结果她一整天都没事，晚上睡眠质量也不错，一直持续到今天中午，进入午睡。正是午睡醒来后，她的体征开始恶化，各项指数都在下降，我们全力抢救，终于在下午，她醒了过来。那时候的状态，才是真正的回光返照……对不起，我这么说希望你别介意。不过她那时候很清醒，还特意叮嘱我说：'翟医生，别忘了我跟你们说的事，不要让我儿子看到我在鬼门关前战战兢兢、犹豫徘徊的样子。'后来，她就再度昏迷，没有醒来，直到去世，全程不到一个小时。可以说，她走得很顺畅。对不起，不知道你现在是否愿意听到这些，只是希望能对你有所安慰。我从医这么多年，确实见过临终前备受折磨……"

出了休息室，翟医生带着唐山沿一楼大厅一直往前。走到电梯那儿，进了一个特别大的，足够放下一张床的电梯，到了地下二层。出了电梯，再往前走，往左拐。一路上，他说个不停，仿佛自己的嘴上装着这世界上最有效的安慰器。唐山没有走累,听累了,他伸手止住了他,"对不起,翟医生,谢谢你,可以让我安静一会儿吗?"

翟医生毫无延误地接了"好的"两个字,就没再说话。好在,左拐之后,又右拐了一次,走了十来米,两个人就来到一扇金属门前,门上挂着白色标识牌,上面写着三个黑字:太平间。

翟医生推开门,唐山跟着他进去,又跟着他往右拐。他先听见抽泣声,再看见一个女人站在一个拉开的抽屉一样的铁皮柜子前抹泪。她旁边站着一男一女两个警察,女警察小声地问:"你看清楚了吗?确定是他?"女人没有理她,仍旧自顾自地哭着。

"唐先生,这边。"翟医生引着唐山绕过他们,往里走了几步,来到靠里的一排柜子面前——也不知道他们是怎么安排死亡顺序的,然后拉开位于中下、编号 B-30 的柜子。"唐先生,节哀顺变。"

"节哀顺变。节哀顺变。节哀。顺变。"唐山心里机械地重复着翟医生的话,走上前去。柜子里并没有多少雾气,可见入冻时间不长。进入眼睛的,首先是一层白布,然后是白布下面的人形物体。唐山稳定了一下情绪,想象了一下妈妈平常的样子以及现在可能的样子,探身将白布掀开一些,露出头来。

然而他看到的既不是记忆中妈妈平常的样子,也不是想象中她现在可能的样子。白布下,是一张似曾相识的脸,平静、安详,甚至可以说神采奕奕。唐山愣了愣,想起这是今天早上通话时,他在视频里见到的妈妈呈现出的脸。即使就在公司工作,即使做了这么多年的现实顾问,唐山仍旧是第一次遇到这样的事情,因此他不知道怎么办。本来,他想抚着妈妈的脸,捏一捏她已经冷却的手,告诉她,自己来看她,来准备和她道别了。他还提醒自己,一定不要流泪,因为妈妈不想看到他这样。但现在,从轮廓,从局部,这张和妈妈相似的脸却让他情感断裂。他发现,陌生不是全然的不认识,而是在认识的基础上发生了偏差。

"怎么了,唐先生?"翟医生看出了唐山的反常,他开始以为这是目睹逝去亲人的通常反应,唐山完全被悲恸攫住,无法动弹。但是从唐山僵硬的身体和表情,他逐渐明白另有缘由。

"这——这,这是我妈妈吗?"唐山说得异常艰难,说完他又觉得没有表达出自己的意思,补充或纠正道,"我妈妈,她在哪儿?"

翟医生被唐山凌乱的表述弄得很困惑,他试探着走上前来,看了看柜子里躺着的人,不太确定似的,把白布往下拉了拉,看了看那双手——那双手略显沧桑,但仍旧白皙。翟医生这才放下心来似的,将白布盖到逝者脖子处。

"没错,这是令堂。确认无误。你是第一次见到,第一次亲眼见到她的现实呈现吗?很抱歉,这也是她的要求,具体我们不清楚,据说她委托小邱这样做的。我曾经听她邻床的女士聊到,那位女士劝令堂,让她体谅一下家人想要见到逝者最后一面的心情。令堂说,她让家人见到的就是她想让家人见到的,她还说,你能理解。"

在　未　来

"理解！理解！我不能理解——"唐山突然情绪失控，吼了出来，随即又控制住情绪，空落落地站在那里。他看着眼前柜子里的这个人，他知道那是他妈妈，如果可以，他甚至能想办法校验她的现实编号。但是，那又怎么样？那不是他的目的。他不是想确认眼前这个故去不久的人是谁，他是想看看她，不是看她呈现的面貌，而是看她真实的样子。

"对不起，翟医生。"唐山轻声道歉，也向那个女人和旁边的两位警察举手致歉。那个女人被他刚才的吼叫止住了的哭泣，随着他的举手致歉又续上了，而那个女警察再度絮絮叨叨起来，不知道还是不是原来那句话。

"没事，唐先生。"翟医生真的不介意，他只是不知道接下来该怎么办。

唐山把柜子推了回去，看着 B-30 像块砖一样镶嵌到那一面标号的墙上，他转身沿着来时的路，拐了几拐，坐电梯，回到一楼大厅。不过他没有再去休息室，而是径直走出大厅，在一棵龙爪槐下站住。

"你有烟吗？"他说。

翟医生给唐山递上一支烟，点上，自己也点上。两个人相对无言地抽起来，天光已经暗下来，到处都是灯光或霓虹灯光。

现在该怎么办呢？按照正常流程，他应该拨打公司电话，找一位现实顾问，对方会按步骤帮他解决问题，就算解决不了，也一定会协调到能解决的人，至少也会把电话转给另一个人，让他知道事情还在途中，不是没有希望。但他自己就是现实顾问啊,就算没有遇到或听到类似的情况,他也知道,首先要验证电话人的身份,确认是本人或者监护人在联系。如果是继承人呢?他相信公司一定有相关规定,但他也相信,要确认是继承人的程序会比较复杂,况且,他还不能确定,或者说他几乎可以肯定,妈妈并没有安装正版的超现实眼镜。就算是正版,以她没有向自己发送现实编号以定位的情况看,她的操作平台上多半没有预留他的信息。总而言之,等他走完复杂的程序,确认自己继承人的身份,可以处理妈妈的现实界面,将它关闭,估计时间也过去了好些天。那么现在,最快速的办法,只能落在小邱身上。

"翟医生,你刚刚说到的小邱是什么人?是超级现实公司的员工吗?"唐山说的时候,紧紧盯住翟医生的眼睛,他记起,妈妈也说到过小邱。

"噢,小邱,小邱经常来医院,帮助一些有特殊需要的人。我不知道他是不是超级现实公司的人,这个就算问医院保卫部,他们也未必知道。毕竟,医院没有权力核对进出人员的身份,尤其是在没有对医院构成干扰,带来不便,也没有病人或者病人家属投诉的情况下。"翟医生开始有点慌乱,不过马上镇定下来,回答得有条不紊。

那我现在投诉可以吗?——唐山生生把这句话吞回了肚里,当务之急是找到小邱,其他事情后续再说。"那我现在要见到他,可以吗?"

翟医生不自然地咳了两下,扶了扶眼镜,"唐先生,很抱歉,你的心情我完全能够理解,但是请你相信,我们医务人员不可能有小邱的联系方式。不管很多病人对小邱怎么感激,怎么称赞有加——这点毫不夸张,你一问就知道——他都是在医院里进行商业活动,如果我们医务人员和他过从密切,就真的说不清楚了。啊,我知道了,请跟我来,能找到小邱的联系方式。"

唐山跟着翟医生进了医院,穿过大厅,到了住院部,坐电梯上了八楼,走进819房间。房间里有四个床铺,靠左一张空着,右边床前,一个女人坐在椅子上削苹果。看起来,那个女人和正常人一样,甚至比正常人还要健康,但是唐山仔细辨认,还是看得出她的右腿是呈现出来的,也许实际上早已经截肢了。

"3床,现在好些了吗?"翟医生问。

他们进来时,女人应该就注意到了,但是直到翟医生问,她都没有抬起头来,她那过于健康的身体透露出垮塌的气息。

"还能怎么样啊,医生,活着呗。我都熬走三个人了,自己还活着。这么活着有什么意思,还不如也随我这4号床的姐姐走了呢,去阎王爷那儿,还能有个伴儿。"女人嘟嘟囔囔,但是并没有停下手里的刀子。苹果削好,她客套地冲翟医生和唐山举了举,两个人都摆了摆手,她又拿刀子划下一块,放进嘴里。

"你也别这样想,活着就有变化,有变化就有希望。"翟医生安慰着,冲唐山使了个眼色,示意唐山在4号床边的椅子上坐下。唐山摆摆手,想了想,又过去坐下。他看看床上的床单和叠好的被子,又看看床头的小柜,小柜上放着一个哆啦A

梦图案的马克杯，那是他小时候用过的，哆啦A梦头上被他不小心磕掉一小块的竹蜻蜓还是那个样子。睹物思人，唐山一把拿过马克杯，攥在手里，眼泪涌了出来。

"3床，这几天见到小邱了吗？"翟医生和女人都注意到了唐山的情绪波动，他们看了一眼就都有些夸张地别过头去。"这是4床的家属，有点小事想找小邱了解一下。"

"哦，哦。"3床点点头，声音提高了一些，以便唐山能听清楚，"其实小邱没什么事并不往医院跑，他也不是过来跟我们推销东西、赚我们的钱，都是医院里一个传一个，越传越神，就总有人找他帮忙。每次都是我们先打电话，在电话里和他把事情说清楚，把要求提出来，他觉得有必要、能帮上忙才过来。"

"我们也是找他帮忙，你放心，不是找麻烦。"翟医生这话说得并没有多少底气，因此说的时候，还看了唐山两眼。至少，唐山没有反对。

女人放下手里的刀，拿过手机，翻找了两下，报出一个号码，唐山记在手机上。唐山站起来，准备走，同时向女人道谢。开口的时候，嗓子却嘶哑得只发出了两个含混的音。

"小伙子，你别太难过了。跟你说，我和4号床的姐姐同病房有段时间了，这两天她最高兴了。自从小邱帮她装上眼镜，她照镜子的次数比原来多多了，她还跟我说，要把现在的样子留给儿子，儿子要记就记住这张脸。你就是她儿子吧？我觉得，不光你妈感谢小邱，你也得感谢小邱，能让你妈走得平静，这是多大的恩情啊。"女人有点啰嗦，不过没说什么虚话，唐山也就站在那儿,听着她一句句说。

"我那姐姐还说,要是这个眼镜能把事情复原,把东西修复就好了。她说这个水杯留给你,唯一的遗憾就是没有把上面坏掉的地方复原。你说我这傻姐姐,她不知道正是这些破损的地方,才跟我们有关吗?她知道,她只是想借此表达个意思而已。"

女人说着说着,不知道是念及过往的相处,还是借以感叹自己,反正声音越来越哽咽,唐山实在没法再站在那儿了。他转身冲女人鞠了个躬,伸出右手冲翟医生做了个打电话的手势,表示再联系,然后走出了819病房。

0

一条小道从山脚逶迤向上,消失在山上的黑松林中。天近黄昏,淡淡的雾气从林中漫出,缭绕在山脚与小道间。道旁立着一株枯松,在暮色中更见清癯、挺拔,一截枯枝上还挂着一把金黄的松针,在雾气中微微颤动。一只乌鸦不知从何而来,一伸爪,落在枯松上。乌鸦转动着脑袋,看着脚下有些衰败的小道,发出嘎嘎的叫声。

突然,一阵如闷雷似疾鼓的声音由远及近,三匹高头大马疾驰而来。来到山脚下、枯树旁,三人同时一勒缰绳,三匹马前蹄离地,半身挺立,齐声长嘶。马上三人,由前向后,分别是红衣少年、红衣少女和青衣男子。

"姐姐,你看,树上有只鸟。"少年抬手一指,不待少女和男子回答,取下身上的弹弓,照着乌鸦就是一弹。乌鸦飞离不及,被弹丸击中,掉了下来,几片羽毛也被击得脱落身体,在空中悠悠飘荡。

"姐姐你看,我的技术又提高了。你看你看,乌鸦的羽毛也不是全黑的。"少年兴奋得直嚷嚷。

少女看着飘荡的羽毛,也被它们翻转的身影吸引,她露出甜蜜的笑容,正要赞许两句,又瞥了青衣男子一眼,带着娇宠呵斥道:"元青,和你说了多少回,不要见着什么都用弹弓,更不要轻易杀生,怎么就是不听?"说着,连番冲少年使眼色。

少年并不吃这一套,他扬了扬手里的弹弓,有点挑衅地看着青衣男子,说:"弹弓是我的,我想怎么用就怎么用。什么杀生不杀生的,在现实当中,你就一点肉都不吃,一点奶都不喝?"

青衣男子哼了一声,却并没有说什么。少女掩嘴一笑,冲男子拱了拱手,"张先生,请不要和元青一般见识。咱们还是抓紧赶路,趁天光未尽,翻过这座山吧,以免节外生枝。"

男子也拱了拱手,摇了摇头说:"元红小姐客气了,大家萍水相逢,结伴而行,在下并无任何权利跟元青计较。咱们是要抓紧赶路了,现在世道这么乱,我看这座山很是凶恶,怕是不祥。"

但已经来不及了。一支响箭呼啸而来,掠过三人,钉在枯松上,箭尾兀自颤动。一阵比方才更强劲、密集的马蹄声从山上冲下来,很快到了面前。一共七匹马,马上各端坐着一个大汉,奇特的是,他们全都身着绿衣,腰间悬垂的长刀也是裹在绿色的刀鞘里。七人七马一冲,就将原来的三个人冲散了。六个绿衣大汉,两个一组,将青衣男子、红衣少女和红衣少年裹在中间。余下那个大汉像是为首的,他扯着缰绳,让马踏着碎步在前面兜了两圈,才停下来。

"三位,对不住了。"为首的大汉拿手里的长鞭指了指三个人,"有劳三位跟兄弟们走一趟吧,我们那里山高水秀、月明风清,值得小住。等住上些时日,管保三位舍不得离开。"

大汉说完,仰首大笑,其他几个大汉也大笑起来。

"光天化日,朗朗乾坤,你们胆子也太大了,竟敢公然劫道。"红衣少女扬声斥道,声音里带着掩饰不住的兴奋。说完,她一伸手,摸向腰间长剑。

但为首的大汉眼疾手快,长鞭一抖,蛇般缠绕过来,少女的剑未及拔出,便连鞘被长鞭卷了过去。大汉一声长啸,左手抓住少女的剑,右手并不停顿,手腕如燕子穿花,连番施展,长鞭随声而行,先是击中少年持弹弓的左手,然后缠在青衣男子的脖子上。

"我劝你们都老实点!"大汉喝着,手上一紧,鞭子在男子脖子上勒得更深。

"回!"大汉又说,转身准备离开,但男子和他座下的马并没有动,鞭子越绷越紧。大汉诧异地回过头,看了看男子,再抖了抖手,鞭子随之解开,收了回去。

"原来是个怂货,这么点事就吓傻了!"大汉哈哈大笑,双腿一夹,胯下马扬蹄而去。其余六个人也裹着少女和少年呼啸上山,很快消失在黑松林中,只留下一动未动的男子和他的马孤零零地,留在暮色更见深重的山脚下,枯松旁。

周兴等了一会儿,确定男子只是暂停了他那部分正在进行的游历现实,开始了和现实顾问的沟通后,便退出了系统。等他清除了所有的痕迹,脖子仍旧发紧,摸一摸也似乎还在疼。看来游历现实确实升级了,体验也比原来逼真了很多,自己只是附着在那个男子身上,以其视角体验都有这么强烈的感受,可想而知,当鞭子缠过来、勒紧脖子的时候,男子心里的恐惧与愤怒。

当然,现实顾问一定会很快平息男子的情绪,让他继续做他们的忠实用户,他们甚至能说服男子,让他对新升级的功能充满感激。不过,这些都不是周兴关心的,他好奇的是,如果在现实——哪个现实呢?原始现实?最真实最根本的现实?还是唯一会要人命的现实?——他摇摇头,至少是会要人命的现实吧,如果在这个现实中,男子遭遇到他经常出入、游历的现实里那些经历,他会不会变得迟钝,不知道如何闪避真正的危险?

周兴又摇了摇头,这也不是他现在最应该关心的。他将操作平台上的东西收拾了一下,拿过平台一侧的头盔,连接好,通上电。不一会儿,操作界面上出现了一个头盔的立体图,并且发出一圈淡淡的银光,但银光很快消失,头盔的立体图也随之从操作界面上消失。随后,真实的头盔也发出了同样的淡淡的银光,并且过了一会儿银光也熄灭了。只不过,头盔仍旧在他的面前。

周兴知道准备工作已经做好,看了看时间,小邱很快就会快带着唐山回来了。他走出船舱,朝他们来的方向望去。残月已无,水面和天空像两块,不,像一块被擦拭得无限透明的玻璃,幽深、高古,上面缀着并不密集的星星,其明亮、澄澈,如同玻璃上透明的瑕疵。这旷心的夜景没有持续多久,其中一颗星星微微晃动,然后加速度向这边驰来,它携带的光团越来越大,身后的马达声也越来越响。没要多久,就可以辨认出,那是一艘快艇,快艇上坐着两个人。不久快艇就到了周兴的船下,灯光熄灭,马达声消失。噔噔噔,上舷梯的脚步声一前一后。

即使在星光下,周兴也一眼认出,后面那人正是下午一起喝酒的那个青年,唐山。唐山也认出了周兴,他丝毫没有惊讶,走上来,伸出手。

"你好。不好意思,这么晚还来打扰。"唐山的声音有点沙哑,极其疲惫。

周兴握了他的手,本想说一句"节哀",但又觉得并没有什么安慰作用,"是我们抱歉,给你添了麻烦,让你这时候还跑这么远。"

"小邱,你去船舱里收拾一下,我一会儿就带唐山先生过来。"

"周先生,叫我唐山就行了。"唐山忽然局促起来。

"好,你也叫我周兴。"

两个人一时间无话可说,就听着小邱在船舱里的响动,倒也没有太过尴尬。周兴掏出烟来,让给唐山一支,再先后点上,各自抽了两口,索性在甲板上盘腿坐下来。

"周先生——嗯——周兴,其实,我特别感谢你们。你们不知道,我妈妈一直很介意自己在别人眼里,特别是在我这个儿子眼里的形象,我们已经很多年没有正面打过交道了。多亏你们的帮助,让她能够以愿意让别人看见的模样出现在大家面前。从她昨天和我视频的语气,从和她邻床病友的描述,我知道,因为你们的帮助,她心情特别愉快。所以我必须也请你们允许,让我代表妈妈也包括我自己,表达应有的敬意和谢意。"唐山说着,放下香烟,挺直上身,冲周兴深深鞠了一躬。

单纯从礼节上来说,这坐着的半身鞠躬有点不伦不类,更突袭得周兴一愣,不过他深深被唐山的真诚感染,就受了这个礼,然后以同样的鞠躬回礼。

"按说,妈妈喜欢,妈妈愿意以什么样的面貌离开这个世界,我都应该尊重遵从。但我确实想再真真正正地看妈妈一眼,看看她的脸庞,看看她的手,尽管它们可能已经被耗蚀得不成样子,但不管怎样,我都希望记忆中留存的是真实的妈妈。所以,解铃还须系铃人,只好连夜赶来,向两位求助。"说到妈妈被耗蚀时,唐山有点哽咽。

"你别客气——"

唐山伸手止住了周兴的话。周兴有点担心他会情绪崩溃，便止住了，他想说"你干脆痛痛快快哭一场吧"，可是就算他对唐山这个人有着近乎直觉的好感，大家的关系也根本没有到说这句话而不别扭的地步。于是他又抽了口烟，默默等着。

唐山并没有哭，他缓了缓，极其艰难地再次开口："周兴，我面临的境况很艰难，但我还是必须跟你说实话。我妈妈的事希望能得到你们的帮助，但我的工作是现实顾问，超级现实公司的职员。本来，我来白条湖也是想，也是想看看有没有可能说服你们和公司合作。现在，我是以个人的身份向你们求助，我保证接下来发生的一切都只限于个人的记忆，不会被任何公司或其他机构使用、利用，但在开始之前，我还是必须告诉你们实情，决定权也在你们的手里。"

周兴愣了愣，明白了唐山为什么刚才见到自己就显得局促，也发现自己之前对超级现实公司还是想得太简单。周兴无法从唐山的话里确定，超级现实公司是否知道自己和小邱在盗版现实，但他们从总部派来一位现实顾问，肯定有他不知道的考虑。不过，周兴很快决定，不管超级现实公司有什么样的考虑，唐山的忙他都要帮。他相信唐山说的话，相信他不会说出今晚的所见，他也相信就算唐山出尔反尔，自己和小邱也没有在系统上留下可做证据的痕迹，而唐山作为超级现实公司的员工，其言辞在法律层面上的可信度也会大打折扣。更重要的是，唐山想见他妈妈最后一面的障碍确实是自己和小邱造成的。

"唐山，谢谢你的坦诚相待，我们往下进行吧。你别客气，真的是我们的问题。"周兴顿了顿,斟酌了一下措辞,"虽然你在超级现实公司工作,是现实顾问,但恐怕贵公司的运作原理你未必特别清楚。从操作上来说,你们公司提供的是超级现实眼镜和相关的服务及后续维护,本质而言,超级现实眼镜是通过与公司的网络系统连接,对人的视觉神经系统进行引导,这样就能让人看见他想看见的现实,当然这些现实都是由贵公司提供的。这是一个体系,对所有通过超级现实眼镜接入贵公司网络的人都起作用,鉴于绝大多数人都装上了这种眼镜,也可以说,这个体系对整个世界都起作用。"

周兴说到这里,掐灭手中的烟,站了起来,唐山也跟着站起来。夜风微凉,湖面平阔,星光垂下,让人神清志明。

"不能简单地说贵公司运行的这套系统究竟是好是坏,毕竟它设置了停止与退出功能,虽然实际上习惯了在公司提供的现实里生活的人,很少会主动停止与退出,但毕竟给出了选项。真正的问题是,随着眼镜功能的日益强大,提供的选项日益丰富,准入的成本越来越高。当然,公司有很人性化的考虑,有动态的平衡,一个人可以通过他提供的形象与事实,通过与他相关的现实,经由公司向他人收取知识产权、肖像权、现实权的收益,借以换取自己使用的公司提供的服务,不足部分再购买即可。这是一个活的体系,但是对于像令堂那样因为身体不便,因为对创造性生活缺乏兴趣,从而没有知识产权、肖像权、现实权收益或者收益远远不够的人来说,这个体系是沉重的负担。也可以说,他们天然被体系排斥和抛弃。可是,在某种意义上,他们更加需要公司的关注与服务,而且所需常常局限在一些特别细微的事情上,并不占据大量的资源。"

周兴说到这里,抬手止住了唐山,"客气的话不必再说,我只是阐明背景。在这个背景下,我们觉得有义务帮助这些需要的人。自然,我们用的是贵公司淘汰下来的眼镜,没法提供丰富的最新功能,而且我们也是以游击战的方式,偷偷将他们的现实接入贵公司的体系。仅仅如此,我们也需要这整个船上的装备才能完成,当然有一多半的装备是用来即时擦除我们留下的痕迹,并且这些装备主要也是用在别的方面。扯得有点远了,说回来。因为用的是淘汰的眼镜,也因为我们是私自接入贵公司的体系,因此,偶尔会遇到一些问题。拿令堂的情况来说,按道理,我们可以在她故去时,解除眼镜的功能,让她以原始现实的面貌离开,但出于对她本人意愿的尊重——你可能不知道,以呈现的面貌离开这个意念,在令堂那里有多么坚定——我们没有进行更细微的调整,导致了她现在的现实固着,无法再通过眼镜与系统进行调整。"

说到这里,周兴又掏出烟来,递给唐山一支,唐山这次摆了摆手。周兴自己点上,缓慢、悠长地吸了一口。

"我不知道你为什么一定要看到令堂本来的样子,当然这完全能够理解,而且很大程度上,也是你的权利。我们想来想去,勉强找到一个两全其美的办法,你需要冒一点点风险,但问题也不大。"

周兴知道唐山的选择,所以他并没有停下来咨询唐山的意见。但他还是看见唐山张了张嘴,并且发现自己没有声音之后,用力点了点头。

"我们知道,戴上超现实眼镜,进入贵公司体系的人,对同样戴着眼镜的体系中人,可以随心意调整、改变其现实呈现,对没有戴眼镜、不在体系里的人,则以非常低的清晰度甚至雾状呈现,除非他不设防,主动敞开自己的现实。而两个都不戴眼镜、不在体系里面的人,他们的现实天然就是敞开的,尽管用贵公司的话说'没有经过调适,过于粗陋'。接到你的电话之后,我们做了测试,初步认定,尽管令堂去世时,现实固着了,但她的现实对于不戴眼镜的人,是敞开的。这样一来,要做的就很简单,取下超现实眼镜,你就能看到令堂本来的样子——这是推想,无法完全保证,但至少也有百分之九十的把握。刚才说的'风险'主要是指两方面,一方面作为贵公司员工,尤其是现实顾问,私自取下眼镜,一旦被公司察觉——这一点几乎是肯定的,你的工作是否能保住,保住之后的上升渠道是否还有,你想必非常清楚。另一方面,则是摘除眼镜,尤其是以我们不太完善的方式取下后,导致的不适乃至幻觉。据我了解,每个摘除眼镜的人,不适的时间不同,产生的幻觉各异,轻的如同被沙子硌了一下或者被蚂蚁钳了一下,重的则需要在心理医生的辅导下才能走出来。所以,究竟怎么做,还得你自己取舍、决定。我先进去,你想好了告诉我。"周兴转身要去船舱,以便留下唐山一个人想清楚。

唐山叫住了他,"你摘除过眼镜吗?"

"当然。现在对我来说,是家常便饭,已经没有任何不适了,简直和取下隐形眼镜差不多。不过,最初几次的痛苦我现在还心有余悸。"

周兴走到舱门时,将手里的烟头扔进了门口固定的烟灰缸里。

2

"唐山——唐山——唐山——"呼唤声像是在水底将要窒息时,拼命朝上游动,终于在溺毙前一秒浮出水面的落水者对空气的需求,开始压抑着吝啬着,接着冲破了关卡,要爆炸一般贪婪地吞咽,然后在吞咽中平缓下来,持续地倍加珍惜地落在唐山的耳中,再由耳朵传递给大脑,由大脑转化给眼睛。眼睛则如同刚刚被创造出来,安置在眼窝里,并受命睁开。闯进来的当然是黑暗,不同于没有眼睛或者紧闭眼睛时的黑暗,闯进来的黑暗有质量有实体,还有层次,因为在黑暗的遥远处,在它的底色上,有晃动的移动的微白,磕破的蛋渗出的蛋清那样近乎无的白。

"啊——"然后唐山才真的如溺水被救醒的人那样一声呼叫,开始猛力地呼吸,耳边只听到自己呼呼的喘息,然后意识一点点地落在实处。他看到真正的眼前的黑暗,也看到远处一团模糊的微白,不过两者都过于猛烈,让他又闭上了眼睛。这时候，唐山感到了手脚的僵硬，他伸伸脚抬抬手，行动无碍，只是手脚都有些疼。唐山将手伸到面前，再次睁开眼睛，手腕上还留有印痕，疼痛显然来自那儿。再摸摸脚踝、肩膀、腰部、脖子、额头，都有之前长期被束缚产生的印痕。目光顺着手看过去，邻座男人的手、脚、肩膀、腰、脖子、额头都有黑色的皮绳束缚在座椅上，因此他只能坐在那儿，除了眼睛可以转动，目光可以稍稍变换范围以外，一动不动。

　　唐山大感惊骇，目光稍稍往远处放，所及之处都是如邻座那样黑色的椅子上固定着身被黑衣的人，男男女女、老老少少，概莫能外。尤其可怖的是，这些人就像是复制一样，布满了他的视野，没有尽头。他小心翼翼地站起来，前后左右看了一圈，椅子和人绵延无尽。不过他总算对所在地方的样子有了大致的了解。这像是个坡度平缓、长度无限的阶梯教室，两边和前面都是不受限的空间。尽管如此，却能在无尽的人头前方，在所有人的头顶上方，看见白色的屏幕一样的空间，那也是不久前涌入眼中的微白光芒的来源。

　　那白色的空间不是平面的，而是立体的充满了透视感的三维世界，里面上演着他之前所习惯的那个世界的日常生活。只不过，也许是因为隔得远，也许是被人设置了，那些日常生活的画面都没有声音，因而显得里面人的行为颇为机械，嘴唇的嚅动、眉目的传情都有些滑稽。这是两个遥遥相望的世界吗？唐山不相信。他认为，那个世界一定有源头，他现在要做的就是找到源头。根据这个阶梯教室般的空间结构，唐山初步判断，如果那个世界有源头，一定在他后面，也就是阶梯的最高处。或许还有一个证据，那就是他感到有若隐若现的光越过头顶，投向前方。

唐山不再犹豫，他踩着自己的椅子，翻到后面一排。排与排之间的距离也就勉强够一个人站立或侧身通过，不过他不管，他只是从前一排往后一排翻。大多数时候，他都踩在两把椅子间的空隙，跳到下一排的空地上，然后再踩着空隙往空地上跳。偶尔他也会踩到坐在椅子上的人的手、肩膀或者腿，但那些人也许是被束缚得太紧，也有可能是被能够见到的那个三维世界吸引了所有注意力，他们对他的翻动与踩踏都毫无反应。这让唐山焦躁起来，为了抑制自己的焦躁，也为了加快进度，他试着从这排椅子直接跨到下一排椅子上，发现只要分作两步，脚在扶手——椅背——扶手——椅背之间转换就行，就算偶尔步履不稳，有点趔趄，只要扶着坐在椅子上的人的肩膀或者脑袋就没有问题。于是，他完全以这种方式，加快了步伐。同时，他还顺便看清楚了，那些束缚坐着的人的皮绳上，都有一把小锁。

这种行进磨碎了唐山对时间的感受，他无法判断自己是走了一天、一月、一年，还是更久，但至少在一生耗尽之前，他终于走到了阶梯教室高处的尽头，并且仍旧精力充沛。那里并没有电影放映机或者投影仪一样的设备，而是倾斜的与地面呈三十度角的辨认不清材质的一层黑板。黑板也几乎可以说无限大，上面不规律地分布着各种规则与不规则形状的孔，大大小小,不一而足。而黑板的另一侧,则透射出光来,均匀地落在黑板上,再从孔里投射到阶梯教室里众人前面与头顶的空间里。唐山搞不清楚光到那里怎么就组合成了三维的世界,此刻也无心追究这个,他迫切地想从这个空间走出去,看看黑板外面是什么样子。他试了不同的孔,终于找到一个圆形的,可以整个人从里面钻出去。

刚刚钻出来,唐山就控制不住地沿着黑板往下滚,他迅速用双手护住鼻子眼睛,膝盖也向内缩,以免被黑板上那些孔的边缘所伤。不过三十度的坡度毕竟算不上陡峭,而且这一段并不算长,所以滚到平地上时,唐山仅仅是左耳轻微割伤,流了点血。

这是一个五面洁白的空间,光线是从对着黑板那一面传过来的,因而那一面显得要比其他面高而宽,并且颜色更浅。已然到了这里,唐山没有任何迟疑,径直向那传递光线的一面走去,走得越近感觉越热。当他走到面前时,那洁白的说不清是墙还是门的物体,忽然悄无声息地打开了一道缝,足够他进出。唐山毫不踌躇,迈步走了出去。

这一次迎接唐山的是真正的没有过滤的光,就像密集射来的箭镞一样,用热量命中他身体的每一个地方、每一寸肌肤,尤其是他的眼睛。剧烈的灼烧般的疼痛让唐山不得不使劲闭上双眼,同时伸出双手,挡在面前。直到手背慢慢适应了那灼烧感,睁开的眼睛也能够不再疼痛地看清手掌上的纹路,唐山才一点点移开双手,让眼睛暴露在纯然的光芒之下。

眼前的世界并不算太陌生。漫天的黄沙、高悬的日头、干燥到燃的空气，都告诉唐山，这里是沙漠。也确实是，汪洋大海般浩瀚的沙漠里，连绵的沙丘就是永无休止的波澜，让人疲惫、绝望。不过这里又和他印象里的沙漠不太一样，所有的东西，细小的黄金般的沙子、白热的太阳，还有遥远的地平线，头上的天空，甚至无可捕捉却隐约可以感受到的微弱的风，都像是刚刚被清洗过新鲜晾出来一般，没有一点尘埃、污渍，还原度高到让人欣喜得发狂。新鲜的清洗过的感觉还把物体拉近了不少，沙漠仿佛不只是在脚下，还从他身体里哗哗流出，太阳也比寻常的大了不少，以至于加倍从人身体里往外挤出水分。

再回过头看刚刚走出来的浩瀚空间，看他迈出来的那道白色的似墙若门的所在，却只看见一座比其他地方高出不少的沙丘。唐山确信自己只要冲着沙丘往里走，那似墙若门的东西就会迎面而开，但他还不想这么快就回到那深渊一般的阶梯教室。这时，他听到了一阵轻微的沙子垮塌的声音，寻声望去，是一条灰色的足有手腕粗细的沙漠角蝰。角蝰盘在那儿，脑袋从腹部上方探出来，两只角鳞特别锐利地竖着，虽是剧毒之物，居然有一点神似猫的可爱。但唐山不敢像招呼猫那样去逗弄它，他身体僵硬地站着，紧紧盯住角蝰，双眼的余光还扫描着周边，以便在角蝰发动攻击时，至少可以避让一下。

角蝰似乎无意攻击，它更像是只为了引起唐山的注意。知道自己被注意到了，角蝰略显夸张地爬动起来。爬出几十米，它还回过头，再次露出猫的神情，看着唐山。唐山心悸稍平，好奇心起，便抑制住恐惧，跟着往前走了几步。果然，角蝰知道唐山在跟着了，就又继续往前爬。一旦感到唐山停住脚步，角蝰就停下转过头来，仿佛叫他跟上。不过角蝰表现得耐心十足，没有露出丝毫威胁或恐吓的意思。

　　一蛇一人就这样走走停停，绕到了唐山从里面出来的那座沙丘的背面。这面同样是无尽的沙丘，但有些沙丘的规模更大，大到让人怀疑它下面会全然是沙子，大到让人站在远处认为它就是通常见到的小山。下了走出来的那座沙丘，角蝰带着唐山翻过了一个同等规模的沙丘，然后又向一个更大的沙丘爬去。太阳和沙子残忍地持续掠夺唐山身体里的水分，让他嘴唇都干裂了，沙子也不断落到他的鞋子里，使他每走一步都硌得生疼。唐山还不能像角蝰那样，使出轻功一般，差不多无痕地在沙子上爬过去，他只能深一脚浅一脚地往前挪动，有两次还不慎滚了下去，虽然翻滚得不太远也没有伤着，可确确实实让人沮丧。

　　"你要带我去哪儿？"从嘟囔到吼叫，这句话唐山问得越来越频繁。角蝰自然不会回答，它最多是停在那里，回头看着他，吐出分叉的芯子。可是除了跟着它一探究竟，唐山也没有别的去处——总不能回到那个阶梯教室，把自己重新捆绑起来吧。于是问归问，得不到回答归得不到回答，他还是在心里恨恨地想，我就跟着你，看你要干什么。

　　也没再多久了。跟着角蝰上了这道沙丘，唐山就在另一面的坡地看到了一片绿意，还有水光。他不禁大声地"啊——"了出来，也不管角蝰了，迈开步子，连冲带滑地向那片绿和水扑去。

绿洲并不大，差不多一个足球场大小的样子，地面上是草——当然不是足球场那样的草坪，而是这里一丛那里一窝，连起来就满眼绿意。还有三棵树分散在草地上，但唐山没有精力去辨认那是什么树，他直接奔着草地一角的水光去了。那像是一个泉眼，一个矜持的泉眼，冒出的水集成了一个小小的水潭，不到一间屋子大，没有丝毫扩张的意愿。对唐山来说，水潭足够了。他没有奢侈地扑腾到水潭里去，而是带着虔敬之心，趴在水潭边，用嘴吹了吹贴上来的水面，咕嘟咕嘟喝起来。喝到解渴喝到身上有了凉意，唐山站起来，蹲着捧了几捧水在一旁洗了洗脸。然后，他开始细看那三棵树。一看之下，才深感惊异，走近了看，看完一棵看另一棵。

看到第三棵树，看到它和另两棵一样，繁密的枝条上的叶子都是钥匙状的，唐山彻底明白了角蛆的意思。他跳起来够着一根枝条，从上面摘下来两片叶子。果然，叶子钥匙的形状是完全一样的，而且它柔韧度也足够解开锁。唐山这下激动了，他仿佛看见了他刚刚从里面出来的那个深渊般的阶梯教室里的人都解开锁，得到了自由。于是，他干脆爬上树，从树干处劈下枝条。树枝多到他一次快拖不动的时候，唐山看了看这片绿洲周围的沙丘，猜想也许每一座里面都有困着的人，便没有再从树上劈下枝条——他有点后悔，应该以更便于再生的方式，只把树叶摘下来就行。

不过也犯不着为无法纠正的事情无休止地后悔。他尽可能地不浪费,将所有的枝条扛起来,将刚才掉落的叶子拾起来,一步一步地向来处挪动。遗憾的是,他再也没有看到那条可以露出猫脸一样表情的角蜥,没法向它道谢。

那座沙丘果然如唐山预想的那样,在他走到出来的正面时,打开了一条足够他带着所有枝条进出的门缝。唐山走到黑板前面,从那些孔里把树枝塞过去,然后找到一个足够大的孔,钻了回去。那个深渊一般的阶梯教室里和他离开时没有任何不同,但因为看到了外面洗过一样的世界,唐山轻易就能发现前面和头顶上的三维世界的虚假——就算不能说"虚假",至少可以说是"低像素"。

唐山找到树枝,用一把叶子钥匙打开了离他最近的那个人身上的锁。果然,所有的锁都是一样的,一把钥匙就能全打开。唐山拍打着那个人,不一会儿他就醒过神来,目光仍旧有些迷茫,却和之前只盯着三维世界看时很不一样。

唐山把钥匙递给他,说:"拿着它,解救其他的人。"

那个人点点头,摸索着去给旁边的人开锁。唐山也拿着另一把钥匙,去给另一个人开锁,开完之后再唤醒,再给钥匙。很快,最后这一排就都解开了,还有人主动往前排翻,去开锁。

"大家注意,每一把钥匙都可以打开所有的锁。往前面去,把钥匙往前面传。救的人越多,咱们的速度越快。"说着,他把地上的枝条、衣兜里的叶子分给最后一排的人。

看着后面一排的人都纷纷往前翻,看着解救的人浪以加速的方式向前传递,唐山激动得不能自已,他知道这些人会和他一样,找到通往外面世界的出口。于是,唐山从合适的孔里再度钻出,走出那似墙似门的所在。他站在那里等着,等着那些人出来。再一次的出入,再一次将里面的三维世界与眼前的世界进行对比,他发现眼前的世界虽然不像他第一次看到那样新鲜逼人,却更加真实了。他相信那些曾经被困住的人会对此深表认同。

果然,很快就有一个人从后面走出来,他完全被眼前的世界震撼了。随着人越来越多,那墙或者门干脆敞开来,而面前的地方也越来越不够用,于是唐山带着先出来的人不断往前走。

但是随着出来的人越来越多,窃窃的交谈声在人群中响起,唐山分明在他们的脸上感到了怒意,而且这愤怒指向明确,就是冲着他来的。唐山看着眼前的这些人,看到他们眼里的怒火,感到身心一致的恐惧和绝望,他做好了准备,等着他们随时扑上来把自己撕碎。尽管,他不知道是为什么。

"唐山——唐山——唐山——"呼唤声像是燠热夏夜里的暴雨,兜头浇盖下来,虽然猛地一下把人打蒙了,流淌而下掩住口鼻的雨水让人憋闷,但到底还是让人精神舒爽,彻底摆脱了之前的浑身不适。

唐山正是这样。一连串的呼唤把他从沙漠里众人的怒气中拯救出来,他睁开眼睛看到周兴、小邱两人的脸庞在灯光下渐渐清晰,再看到小邱手里拿着的那个取下了他超现实眼镜的头盔,唐山长长地嘘出一口气,仿佛重新回到了人间。

1

还是 B‑30，还是翟医生拉开柜子，露出了白布与白布下面盖着的人形，不过这一次雾气重了一些，整个冷冻室也没有哭泣的女人和陪伴的警察，没有其他任何人。翟医生往后退了一步，看着唐山。

唐山走上前，抓住白布一角，如同抓住一块巨石，缓缓掀开。先看到的是那顶假发，买时妈妈还嫌过于乌黑，现在已经有些发灰、分叉，和前天在视频里、昨天在这里看到的都不一样，他知道周兴说得没错，这次终于是妈妈本来的样子了。果然，接下来看到的就是妈妈少了半个耳垂、耳郭卷曲的左耳，是过于光滑的结疤的左脸、额头、鼻子，微型手术调整过的嘴和下巴，然后是相对完整的右半侧脸，可是那原本正常的皮肤反而在脸上其他部分的映衬下，显得格外虚假。唐山左手放下白布，想要伸过去抚摸妈妈完整的右脸、损毁的左脸，但是他的手在快要触到时停住了。妈妈生前他无法触碰她的脸，妈妈去世之后他也不能。他甚至透过自己颤抖的左手看到妈妈脸上浮现出了往常那期待、宽慰、心疼与阻止交织的神情，他的手只能在空气里，沿着妈妈脸部的轮廓抚摸了一遍。

等眼眶里的泪水退去之后，唐山才继续将白布往下面拉，这一次他拉得比较急，直接露出了妈妈的两只手。是那两只手，几乎没有完整皮肤，一度变形得不成样子，后来少半通过医治多半依靠妈妈顽强的毅力恢复正常功能的两只手。唐山再也控制不住自己，一把抓住靠近自己的左手，手是凉的、僵硬的，手上的皮肤过于光滑中又有点冷涩，有所不同又似乎还是往日的样子。是他和妈妈为数不多的几次见面道别时，他生硬地拉过来拽住的那只手。只不过，以往那有些抗拒但最终在他手里变得柔软温暖的手，现在无论如何都不会再有变化了。

"唐先生，唐先生——"翟医生小声唤着，是在提醒唐山记得他不久前的叮嘱——"不要和遗体接触太长时间。"

唐山颓然地松开妈妈的手，听见它磕在铁皮柜边缘，发出一声低沉的闷响，又赶紧心疼地抓住它，慢慢将它放回去。再转过来，他就像被抽走了魂一样，满脸泪水背对着妈妈，任凭翟医生上前盖上白布，将柜子推回去。

"翟医生，你看得到我妈妈现在的样子吗？"唐山确认翟医生戴着超现实眼镜后，又多问了一句。

翟医生摇摇头，"令堂现在这样就挺好，以想向世界呈现的样子向世界道别，以儿子想要看到的样子向儿子道别。"

"翟医生，谢谢你！"唐山不知道还能为翟医生的这番话说什么，他又有点令翟医生一时反应不过来地说，"也谢谢周兴，谢谢小邱。"

两人就这样离开太平间，来到昨天抽烟的那棵龙爪槐树下。一支烟抽完，翟医生说："唐先生，很抱歉，如果没有其他安排，我们可能得将令堂送往，嗯，送往火葬场了。我会去通知相关同事，在那之前，你还要再见令堂吗？"

"不见了，再见她该不高兴了。翟医生，可以麻烦你，帮我安排一下火化的事吗？我们在乡下老家还有块墓地，当年特意在我爸旁边给我妈妈留了地方，我这次就把她安葬了吧。哎，翟医生——"唐山叫住了点点头准备离开的翟医生，"嗯——这件事可以等会儿去办吗？我是想说，你有时间陪我说说话吗？"

翟医生迟疑了一下，看了看表，"抱歉，唐先生，我没有别的意思。没问题，我可以再待一个小时。"

"好的，是我抱歉，硬拖住你说话。"唐山再递给翟医生一支烟，两人都抽上后，他吐出了一口烟，说，"说起来不过是家里的事，父子的事，母子的事。"

"我爸是一个性格外向、开朗的人，虽然有时候有股不知道从哪儿学来的父父子子的秩序要求，但总体上我俩相处融洽，谈不上特别交心，但大体上也知道对方是怎么想的。所以，就算是我青春期最叛逆的那段时间，也没有和他产生多大的矛盾。我妈妈则不然，虽然是他们那一代里少有的大学生，也可能正因为是他们那一代里少有的大学生，才使得她既强势又封闭，其实后来看，她的强势与封闭下掩盖着一颗敏感的心。但是在我成长的时候，看不明白这一点，所以总觉得她时常冷着脸，对我不要说慈爱，多一点的温和都没有，整日不是念叨我的成绩应该再提高一些，就是说我的品格还应该更好，就好像她面对的不是儿子，而是圣人胚子。

"这样一来，我俩自然没有那么融洽，高中期间有大半时间我都在和她冷战。好在我高考成绩出色，考上了比她预期还好的大学。可能是我终于挺过了她常说的人生第一道关的高考，也可能是因为我要去一千多公里外的另一座城市读书，那个暑假我妈像是变了个人一样，以颇为生硬的姿态、语言和我沟通。就算是家人，错过了最佳的沟通时机，也只能等待新的契机，不可能一下子就亲亲热热起来。不过每次看到她有点笨拙地寻找话题想和我聊天，费尽心思做我喜欢的菜肴时，我总是感到有点心酸，也就不那么顶撞她了。

"大一那个寒假，我回到家里时，和妈妈的关系发生了实质性的变化，开始有点像朋友那样相处了。这是因为第一次离家那么远，那么长时间，早把那些对她细微的不满与别扭软化了。更主要的，是因为我发现妈妈开始把我当一个成熟、平等的成年人对待了，我在她的心目中，已经开始稳步从'不懂事缺管教的儿子'向'值得完全信赖的朋友'转化。那个寒假，我陪在爸妈尤其是妈妈身边的时间，比以往任何一个假期都多，我还陪妈妈去逛商场，为她挑选衣服提供建议。

"小年夜那天，我们高中同学小范围聚会，刚上大学的兴奋劲还没过，又因为还没在大学里找到知心的朋友而觉得高中同学更加亲热，反正一帮人在一起喝个没完。散的时候我还有点记忆，怎么进的小区上的楼怎么开的门却完全不记得，更别提反锁门时将钥匙弄断，还摸黑在客厅沙发背后的插座上给手机充电了。

"等我再恢复意识的时候，屋里已经是浓烟滚滚、烈焰腾腾了,我妈正在我床边,但仿佛是从特别遥远的地方喊我。可能那一刻印象过于深刻,也可能酒劲还没有完全过去,更有可能是屋里氧气已经稀缺所致,整个过程,我都像是站在远处观看一样,没法把事情贴到自己身上。那时候防盗门已经被烧得滚烫,无法打开,窗户尽管都被砸碎,但也没法从十楼跳下去,只有浓烟从窗户往外翻滚。一家人没有别的办法,只能躲到密闭的卫生间,用湿毛巾尽可能塞住门缝,不断往门上泼水,以延缓燃烧的进度,等待消防员的到来。后来,只能用湿了的棉被罩住三个人的头,妈妈抱着我,我爸抱着我俩。再后来,我就只记得火终于烧穿了卫生间的门,向我们扑来,然后就不知道隔了多久,有人从窗户冲进来,把我们一家三口救了出去。

"说是救了出去,其实我爸当时就已经没命了,我妈也被烧得不成样子,抢救了好些天才活过来。只有我,造成这一切的我,没有什么损伤,连火灾现场的感受,都像得之于一具借来的躯壳。后来,消防队向我们分析火灾起因,说基本可以断定是沙发后面插座上充电的手机引发的。妈妈没有说什么,但我知道,只有可能是我,因为全家只有我有夜里给手机充电的习惯。消防员们还可惜道,如果反锁时钥匙没有折在里面,一开始我们就可以打开门逃生,事情就不会严重到那个程度,妈妈阻止了他们继续说下去。那以后,妈妈和我从没有提起那场火灾。我没有说是因为无论我说什么,都无法赎回自己的罪愆。妈妈没有说,大概是不想让我心里有负担。

"可是一件事情越不去说它,它就会越来越干,越来越重,

在 未 来　　145

直到变成化石,再也没法复原。这件事就这么压在那里,变成了我和妈妈都想绕开、都不得不绕开的旋涡与黑洞。更可怕的是,这件事还有无法忽视的表征——妈妈那损毁严重的身体。因为火灾造成的自己家和邻居家的损失,我们花了很长时间,才补上经济窟窿。因此妈妈只做了微型手术,修复了嘴巴的功能,休整了完全没法接受的地方。条件稍稍好些的时候,妈妈又患病,诊断、手术、恢复花了大部分的时间和钱,所以到最后,妈妈只能带着损毁的身体离开这个世界。

"现在看,我真是愚蠢、懦弱的儿子,哪怕在妈妈生前和她敞开心扉聊上一次,告诉她我的想法、我的痛苦,至少也能让她走得踏实一点。你不知道,到了后来,我和妈妈不但不敢再提火灾,甚至不敢提任何往事,不敢再说起我爸,最终,干脆不敢见面。我怕见到自己的罪证,妈妈怕我受到折磨。妈妈的面容和身体成了表征,里面包裹着一场火灾,我们彼此猜测,自我折磨,又通过自我折磨折磨对方。甚至后来我去了超级现实公司工作,我们都没办法以最简单的方式处理这件往事。我们都怕让妈妈换个面貌的提议是在告诉对方,自己还记得多年前的那次大火。

"后来,还是妈妈鼓起了勇气,主动找小邱他们帮忙,设定了自己的现实呈现。我在视频里看见妈妈完好的年轻的面貌时,整个人都在颤抖,陷入了极度的自责——我光记得自己在那场大火中的罪,却忽视了妈妈这些年的生活。可我还是愚钝的,我以为妈妈是通过这种方式原谅我,告诉我不要沉溺于过去,却没有想明白,妈妈选在那样的时刻才戴上超现实眼镜,有了正常的现实呈现,是因为,她想把这么做对我造成的压力降到最低。妈妈知道自己将不久于人世,因而用自己的命告诉我,不是她原谅了我,是她根本就没有恨过我。

"但是妈妈原谅我,不等于我就能原谅自己。不,我也不是要违背妈妈的意愿,继续陷在自我谴责的泥沼里,我必须正视那次火灾,正视自己无可推卸的责任,把它承担下来,把它放在自己肩膀上,才能如妈妈所愿,好好活下去。妈妈以她没有受到丝毫损害的呈现出来的形象,表达了临终之前对这个世界和往事的全然接受。我也得以自己能够相信的方式接受,所以我才想要看清妈妈真正的样子——我不是说她呈现的现实不是真实的,那是真实的,那是她的真实,而她损毁的直到临终都没有修复的身体,对我才是真实的,这是我的真实。而妈妈和我的真实,实质上是一种真实。只有真实,才让我知道自己活着,才让我能够往下活。"

唐山说到这里,一包烟已经被两个人抽完。唐山看着龙爪槐下垃圾桶上的烟灰缸,里面已经塞满了烟头,落满了烟灰,他沉默了一会儿,并没有转过身,而是轻声地,对着龙爪槐说话那样,说:

"翟医生,谢谢你。请通知你的同事,安排把我妈妈送到火葬场的事吧。"

0

喝完周兴一大早熬的鱼片粥,老孟并没有立即起身道别,而是继续坐着和周兴闲聊。老周将桌上的碗筷收到厨房,洗净、放好后,转身进了他的房间,好一会儿都没有出来。周兴知道这老哥儿俩分别前一定有事要说,这事多半才是老周这次请老孟过来的目的,他甚至大体猜到了是什么事,不过既然他们没说,他也就不问,就陪着老孟东拉西扯。

聊到两个人都有点词穷时,老周终于出来了,手里拿着一个黄色的档案袋,额头上已经见汗。老周打开档案袋,从里面拿出几份文件,在桌上摆开。

"周兴,白条湖承包的所有文件、材料都在这里,包括合同、公证书、范围说明等等,这些东西保证这座湖在几十年内,是咱们想要的样子。一定程度上,它们也保证这几十年之后,还可以继续是咱们想要的样子。那个,那个超级现实公司想要从咱们这儿得到的,也不外乎这些文件。"

文件有新有旧,大多有着醒目的标题甚至制式的首页,纸张颜色有白有黄,基本上也都年代久远。周兴没有去翻这些文件,更没有去找有多少份上面有老孟的签字,他就以它们在桌上摊着的样子看了两眼,便站起来把文件并好,递给老周。

"爸,你不用给我看这些东西,这是你的合同、文件——你要不嫌我说话难听,在你活着的时候,它们都是你的。白条湖,在这几十年内,也都会是你想要的样子。这湖是你想要的样子,就是我想要的样子。你现在没必要像交代遗产似的,把它们交给我。"

"儿子,"老周这一声叫得突然又深情,把他自己都吓了一跳,只好一声咳嗽掩饰过去,"——我知道你的想法,也知道你对我的支持,我很高兴。像你孟叔前两天说的,多少父子、人家为了一点儿东西,撕扯得不成样子。我很高兴,咱父子没那么没出息。但我最近总在想,我这么做是不是太自私了?害得你跟我一起守着这个湖不算,还要让你跟我一起面对这个公司那个集团的骚扰、压力,更重要的是,这么把着白条湖要真是违逆了时代潮流的话,我当个老顽固就算了,干吗要你变成小顽固呢?!"

"老周,你这话说得,什么老顽固小顽固的,我怎么听着像老王八蛋小王八蛋啊?"老孟见气氛有点沉重,打了个岔,这才接过来对周兴说,"周兴,事情没你爸说的那么严重,他也不是一定要现在就把文件转交给你。你爸的意思是,白条湖今后的事,需要做的决定,这个权力就交给你了。保留现在的样子也好,和超级现实公司合作也好,甚至直接把权利转让出去也好,他相信你会综合考虑,做出最佳选择。当然,你也别有压力,就算选择的结果很糟糕,你爸也不会怪你。是不是,老周?"

老周被逗得嘿嘿一乐,终于恢复平常的模样。不过他把文件都装回档案袋后,又责怪起了老孟:"我说老孟,你不对啊,我请你来是和你商量，是要你帮我说服周兴，收下这些文件，管起白条湖，你怎么刚听了两句，就转变立场了？"

"我转变什么立场？你说说，你、我、周兴，咱们三个人有不同立场吗？没有。立场只有一个，那就是让白条湖是它应该是的模样，让它能够造福生活在这片湖区的人。在这个立场下，将来白条湖一应的决定权都交给周兴，由他来拍板，这是结果。有立场有结果，不就行了？你还非纠结文件由谁来保管，是不是太教条了？！"

周兴心里回荡着感动的波澜，不是为了父亲刚才那一声让他现在想起来还起鸡皮疙瘩的"儿子"，而是为父亲叫了之后笨拙的掩饰，更是为这老哥儿俩的心思与情谊，"爸，孟叔，你俩就别一唱一和了。我明白你们的苦心，谢谢你们对我的体贴，我也就不多说了。我答应你们，今后白条湖的事我来操心，需要和你们商量、请你们出主意，我会找你们。合同和文件还是放我爸这儿，需要用的时候，我管你要。你们看，这样行吗？"

"行行，我看这样挺好。"老孟冲老周挤挤眼。

"挺好你还不赶紧走？还等着请你喝酒呢？！"老周呵斥道，呵斥完自己先笑了起来。

"好你个老周，磨还没卸就开始杀驴！"老孟也笑，"周兴，咱们走，让这个老顽固留下来自己反省。"

两人出了门，来到码头，上了快艇。快艇开动，老孟却不急着回家，他拍了拍周兴的肩膀，说先去一下犀牛角。

犀牛角是白条湖里的一座小岛，从这个名字就可以想见它的形状和大小。周兴知道犀牛角的位置,也远远地经过几次,望见它像水中冒出的一根犀牛角那样尖尖的常年葱茏的模样,不过他从没有靠得很近地看过,更没有停下船上去过。等真的到了面前,周兴发现犀牛角比他想象的还要小,绕一周估计也就四五十米。但它还是呈明显的山的样子,有十来米的垂直高度,一面是岩石,其余则完全被植被覆盖,哪儿都看不到路。

"你跟着我,小心脚下。"等周兴系好快艇,老孟回身叮嘱道,这让他有点哭笑不得。不过看老孟矫健的身手,再看他对地形的熟悉,尤其是想到自己在后面,万一老孟有个闪失,更方便照应,周兴也就没有去争先抢行了。

老孟果然熟悉这地方。他抓住岩石上翘起或凹陷的地方,有时候也借用岩石上的藤蔓或者灌木丛,手脚并用,小心翼翼地往上攀爬。岩石并不算陡峭,六十度左右的斜坡,不过有些地方比较光滑,不好下脚。但爬着爬着,周兴发现一些人为的痕迹,比如某个地方的藤蔓被绾成一个结,某一丛灌木被人用绳子捆成一团,最明显的,则是在一段前后都没有天然的东西可以抓手,但必须借力才过得去的岩石上,有两个用钎子、凿子留下的深坑,坑凿得很粗糙,乍一看甚至让人以为是被哪里掉下来的尖石砸出来的,但它们也凿得很巧妙,足够一个有技巧的人一只手抠着一个坑,把身体贴着岩石往上移动。

跟着老孟爬到顶时,周兴已经有些带喘。他四周打量一圈,山顶或者说犀牛角尖上并没有什么特别的,就是一块可以站几个人的石头斜坡,斜坡周边都是各种树、灌木、杂草,密密匝匝围过来，根本看不到其中有路。但也看得出来，有人偶尔会来这里收拾，因为这些植物和斜坡的边缘有个隐约的界限，只要植物跨过界线，伸过来的部分就会被砍掉。只有两棵矮树突破界限，得到允许长到了斜坡这面，也可以说，这两棵矮树才是斜坡的主人，那个界限也正是为了保护它们才存在。

就是它们让大家心甘情愿攀爬岩石，上到犀牛角？周兴细细打量这两株一人多高，极其茂密的枝叶铺展开来像两丛灌木的树。每一棵树的每一根枝条都自由舒展，逐层吐出一团团椭圆形的叶子，叶子也绿得非常厚实，似乎轻轻一拧就能拧出绿色的汁液。在每一层叶子的顶端，还能看到嫩绿的甚至带着浅黄的，尚未完全展开的叶芽。不过大多数叶芽都已经被掐走，只剩下一个空空的枝头，或者干脆从枝头上抽出别的尚未成型的细枝。

看到掐走叶芽留下的痕迹，周兴明白了这是两株什么树。

"孟叔，我爸也跟你来这里采过茶吗？"周兴问一直站在旁边，一会儿看看两株茶树，一会儿看看自己的老孟。

"没有，你爸不好这个。我会给他带一点，他除了说声'香'，没什么反应。再说，你爸那高血压，想来爬这段路，我也不同意啊。"老孟说着，情不自禁俯过身，使劲闻了闻一根枝条上的叶子，然后揪下一片老叶，放进嘴里嚼了起来，"这两棵树还是我小时候躲避风浪到这牛角上发现的。茶是真好，也真少，两棵树一年能摘下来的最好茶叶，炒好了也就九两到一斤一两之间。究竟是多少，就要看气候，看茶树的心情喽。"

"只有你到这儿来吗?"

"当然不是,我发现的时候,就有人先发现了。开始是两个,然后是三个,最多时有五个,现在是稳定的四个。"老孟嘴角浮出了有点神秘的温暖笑容,"其实大家并没有见过面,就像是有感应似的,人数变化了就都能从茶树上的些微痕迹知道,于是就相应地采自己那份。来采茶的日子,也都能自动错开,分做几天的早晨过来。只有一次,我来的时候碰见一个人走,我们在岩石下抽了一支烟,没有说一句话。他戴着斗笠,我看不见他的脸,他也不往我这边看。"

老孟说的这些话,比犀牛角这儿有这样一个所在更让周兴惊讶,他没有想到,就在自己身边,还有这么传奇般的事情发生着,而且几十年如一日。不过再一想,哪儿没有传奇呢?别的不说,光是他爸和老孟这几十年的交往,光是两个老头坐在一起,可以就着一碟花生米喝完一瓶酒,整个过程一句话不说,就够传奇的了。

"周兴——"老孟忽然喊了一声,周兴止住了遐想,看着他。老孟吐出嘴里嚼碎了的茶树叶子,抬手朝着湖面一比画,"这片湖你打算怎么办?你爸说得轻松,那个决定可不容易做出。他对你的信任已经超越了一般的父子之情,是完全的托付,也正因为如此,他始终放不下心来,生怕自己害了你。超级现实公司这样的庞然大物,行事固然会遵守一定的章程,也有他们的忌惮,但他们为了实现自己的意图,可能使用种种手段,绝对不能低估。"

这几天的经历，包括唐山的出现和他说的话，都让周兴感到了超级现实公司愈发逼近的身影，可他确实还没有清晰的应对策略，和小邱做的测试也仍旧是从白条湖和老周的角度出发，但如果对方不按常规来呢？

"孟叔，我还没有确切的打算。以前我一直觉得，合同在手，只要我们自己经受得住诱惑，不主动出让，就没有任何人能够夺走白条湖。现在看，光有合同未必保险。"

"当然不保险。"老孟毫不迟疑地断言，露出了狡黠的也可以说顽皮的笑，"保全自己的最好办法，是主动出击。"

"主动出击？"周兴一头雾水。

"像白条湖这样的情况、这样的地方，不光是咱们一家吧？"老孟说。

周兴有点明白老孟的意思了，一下子兴奋起来，"对对，不止咱们一家。"

"那就是了。他们肯定也受到超级现实公司的压力，逼迫他们出让那个……那个现实权益，反正就是让他们手里的地方看起来不再是、不仅仅是原来的样子。具体的我不懂，但我想，你们联合起来，肯定比单独应对更好。另外，你们也要多研究研究超级现实公司，弄清楚他们着急拿下白条湖这些地方的原因，是纯粹为了扩大经营，多赚钱，还是有其他方面的压力。一句话，你们自己先要联合起来，还要和对方接触，既寻找不硬性对抗的可能，也寻找釜底抽薪、长久解决问题的机会。"

周兴吃了一惊，他想到了老孟总结的前半句，却没想到还有后半句。

"孟叔，你简直是个战略家啊。"

老孟被逗乐了，"我算什么战略家啊，这些都不过是从以前的工作中照猫画虎学来的一点皮毛。不过，周兴，你知道我为什么带你来这儿吗？"

"面授机宜。"周兴甩出个成语，嘿嘿一乐，"你肯定不想让我爸听见了担心。"

"也对也不对——"老孟也嘿嘿一乐，卖了个小关子，乐完了面色一正，"我确实不想让你爸再担心，但这几句话在哪儿不能说啊。我带你来这儿，咱爷儿俩爬这一段，和你爸叫你陪我们一起钓鱼是一个道理。你看看这湖，这几百里水面——"

老孟右手指着脚下的白条湖，开阔水面上，有不少人驾着船在活动，"有很多人在这里生活，有的人的生活你看得见，有的人的生活你看不见，甚至也想象不出。但是这些人、这些生活是实实在在的，就像我每次往茶杯里放好茶叶，倒水进去，看着茶叶在水中一点点恢复叶子的模样，鼻子闻到一缕缕茶香一样的实实在在。所以，将来不管任何时候，不管你面临什么样的压力，需要做出决定的时候，你想想这个决定关联着这么多人的生活，就能更加慎重。"

配合老孟的话似的，离犀牛角不远处的一艘船上，船尾的人一扬手，一张渔网抛进了水里，渔网落入的水面泛起一层异于周边的波纹。老孟垂下右手，久久凝视着那片波纹的变化，然后转过来看着周兴。

"这是对白条湖而言。对你来说,我希望任何时候,不管那家公司是否还和白条湖有关,你都记住那条鱼脱离水面时,你的开心,刚刚陪我爬犀牛角时的紧张,还有爬上来之后的舒畅。现实总在变化,但这些感觉和它们产生的时刻,对我们每个人来说都是独一无二的,无法磨灭,也正是这些时刻决定了我们是什么样的人。记住这些时刻,不管现实怎么变化,我们才不会丧失现实感。不是吗?!"

老孟像是在问,又像是在对着脚下的白条湖陈辞。

5

安葬了妈妈,唐山没有立即回公司,他住了下来。每天,他一大早就出门,踩着露水,在附近的山上、河边、田间、地头溜达,和碰见的每个人乃至每个活物都说会儿闲话,只要有什么吸引了他,就毫不吝惜时间地看着、听着,或者搭上一把手。不过,每到黄昏,唐山就回到父母的墓地,陪着他们看太阳落到西山后面,看天光逐渐消失,黑暗陡然升起。

这天下午,唐山在墓地陪着父亲抽烟。他的烟已抽完,父亲墓碑上的烟也快燃尽时,一辆黑色小车出现在国道上,向这边开来。开到土路尽头,小车停下,下来一男一女。女的一身职业装,捧着一束花,唐山不认识,男的西装革履,是孙燕来。

"唐山,节哀顺变!"孙燕来说着,到唐山父母的墓前鞠躬行礼。他指了指放下花束、正在鞠躬的女人,介绍道:"这是第九分公司的柳婧总经理。"

唐山跟柳婧点头致意。他看着孙燕来,没了超现实眼镜,时隔多年,他又见到了这张脸的本来样子,又熟悉又陌生。

柳婧咳嗽一声,打破了沉默:"唐顾问,孙总是到邻省出差,特意过来看望你的。"她见唐山没有表示,孙燕来也摆摆手,便转换了话题。"伯母去世,我们深感悲伤。这要怪我们工作没做好,不知道这是你的家乡,更不知道伯母还留在这边,身体也不太好,没有尽到照顾的责任。"

"柳总,不说这些。唐山妈妈已经辞世,你们事先也确实不知道,再说,这也不在你们工作范围内,唐山不会责怪你们。唐山,我这次过来,是看你也是感谢你。柳总说,你出差的任务完成得特别好,不容易,尤其是忍着丧失亲人的悲恸——"孙燕来停住,看着唐山脸上表露无遗的困惑。

"嗯,唐顾问,是这样——"柳婧赶忙接过话头,"分公司一直在想办法,把白条湖纳入我们的现实版图,但是周家父子始终不配合。他们的承包合同让我们正面可操作的空间很小,但是根据调查,周家父子,准确地说是周兴,在从事一些有损公司利益自然也是违法的活动,可是周兴很狡猾,我们抓不住直接的有力证据,又不想贸然惊动警方。孙总知道我们的难处,知人善任,派你过来。你到这里的第三天,我们发现你的超现实眼镜被取下,再追溯行程,查到你并没有走正规流程,只在到的当天下午和晚上去了两次白条湖。因此,我们推断,你是在白条湖取下的眼镜。你别误会,我们并没有监视你,只是特别留意和白条湖有关的一切。"

柳婧看着唐山由红变白,愤怒不断积攒的脸,又看看孙燕来,正要硬着头皮继续往下说,孙燕来止住了她,"柳总,请让我们单独聊两句。"

"好的,孙总。"柳婧连忙答应,往旁边走了走,再看了看离唐山他们的距离,索性直接退回停车的地方,拉开车门,坐了进去。

"唐山,你别往心里去,我相信柳婧的说法,他们没必要监视你。不管具体情况有无偏差,有多大偏差,她的结论是没问题的。你是在周兴那儿摘下的眼镜,对吗?也许,你还看到了更多对我们有利的东西。公司不想和老周对簿公堂,毕竟我们的目的是拿下白条湖。但是,我们必须在和老周谈判的时候,占据主动,而如今,这个主动权,至少是主动权的线索,在你手里。如果能就此解决白条湖的问题,这将是你履历上的重要一笔,甚至可以让你越过外派阶段,直接升迁。这样一来,你找到周兴他们取下眼镜就可以视作公司的安排,丝毫不会成为你职业生涯的障碍。"

孙燕来说完,直视了唐山一会儿,然后转过脸去,看着唐山父母的墓碑。

"孙总,谢谢。对您也没什么好隐瞒的,我是没有通过正规渠道就取下了超现实眼镜,这段时间,老家人对我很好,完全向我敞开了现实,因此我可以凭自己的双眼,来看周围的一切。尽管比起公司调适过的现实,我的所见所闻所触所感更加粗糙、生硬,但是它们更让我信任。再回想在白条湖所见的完全原始的现实,想起我要见妈妈最后一面的不易,我对公司是否要覆盖一切,是否应该把每个人都纳入公司的现实体系,有疑虑。进而,一些以前从没想过的问题,比如说什么是现实、什么是真实、现实是不是离真实越近越好……也出现在脑子里。可能就算想破头,我也得不到满意的答案,但它们真真切切困扰着我。我明白,私自取下眼镜违背了公司的员工准则,我接受公司将要给予的处罚。此外,不管处罚是什么,类似白条湖这样的现实孤岛该如何处理,我作为现实顾问,此次出差受到了哪些触动、产生了什么疑问,都会形成一份报告提交给您和公司。不过,目前对我来说,有更重要的事,那就是陪着我爸和我妈妈。我以前陪他们的时间太少了,这一次,我想陪着他们,过完妈妈的七七再回公司。至于眼镜是否在白条湖取下,在那里我又见到了什么,如果必须说明,我只能说,我做了一个漫长的梦,在梦中的夜里去了趟白条湖,得到了一个可能是周兴的年轻人的帮助,因此看到了我应该看到的妈妈的模样。可是,对于一个梦来说,谁能够判断它的真假呢?在什么情况下,梦可以作为证据呢?"

唐山说到这里,停下来,看着孙燕来。孙燕来仍旧望着他父母的墓碑,没有说话。唐山掏出烟来,递给孙燕来一支。孙燕来好一会儿才回过神来接过烟,唐山给他点上时,他的手指仍旧没有忘记轻叩唐山的手背。

两个人站在那里,一言不发地抽着烟,他们抽完的时候,一阵微风吹过,把唐山父亲墓碑上的烟头也吹落在地。

孙燕来叹了口气,走过来拍了拍唐山的肩膀,"我明白了。这样吧,其他都不管,你留下来陪着父母,过完七七。回来后,补个假,同时提交一份完整的报告给我,一切都等拿到报告再说。"

说完,孙燕来向那辆黑色小车走去。走着走着,他和车还有车里的柳婧,都变成了雾状,对唐山不再清晰可见。

李宏伟,四川江油人,现居北京。著有诗集《有关可能生活的十种想象》、长篇小说《平行蚀》《国王与抒情诗》《灰衣简史》、中篇小说集《假时间聚会》《暗经验》、对话集《深夜里交换秘密的人》等。获吴承恩长篇小说奖、《十月》文学奖、2014青年作家年度表现奖、徐志摩诗歌奖等。《国王与抒情诗》位列《亚洲周刊》2017年度十大小说榜首,获选中国最美书店周·2017年最受欢迎图书,并入选《收获》、《扬子江评论》、凤凰读书等杂志与媒体年度榜单。

阿 达

黄孝阳

第一部分

　　父亲入狱三年零七天后,再次逃离。那几幢由规训与惩罚建造的灰色圆穹建筑被他抛在身后。秋日的河流、土地在他脚下展开,咚咚作响,呈现出一种超现实主义的油画效果,而他一路上所看见的黄昏、幽暗树林、像鸟一样叫喊出声的星辰,又为这幅油画添加了神秘的沉默。空间,或许还有时间,脱离了它们一向遵守的轨道;他灰色的头颅悬浮在众多螺旋状的光束之上,两腿变形成一种指甲盖大小的莫明生物穿过铁丝网,手掌在空中飘荡若风擦过人的脸庞。这幅油画所带来的视觉冲击力如此强大,有关于世界与人的完整性、连续性都被它无情打碎,让我在一次次的噩梦中清晰地看见那具藏在身体里的骷髅。

作为他昔日混乱生活的旁观者与亲历者,我不断地看见、听见、梦见有关父亲的一切。我不清楚父亲这次是怎么办到的。逃狱是困难的,尤其是逃离一座经过现代化理论彻底武装过的圆形监狱。这需要勇气、智慧、上帝的眷顾,更重要的两点:一是如何摆脱身边众多犯人目光的纠缠,在一个极度匮乏的环境里完成必要的信息搜集与分析整理,找到可以信赖的人与愿意帮助自己的人;二是如何在高强度劳动之余保持对自我的清醒认知,保证内心作为一个人(不是犯人)的思维体系的完整,保护对自由的渴望不会因为"身心俱疲"干涸。

父亲有过三次成功的逃狱。这一回相对平淡无奇,但稍作审视便觉不可思议。他说服了一个即将退休的女狱警。她的名字极普通:王小兰。众所周知,她还有一个比花岗石还要坚硬的大脑,与一颗献身于狱警事业的心。她获得过的各种材质的荣誉勋章足有几公斤重。这次成功的说服,使父亲前三次让人们津津乐道的极富想象力的逃狱过程变得无聊且多余。她提审他,用早已录好的一段影像瞒过屋内监控探头,替他准备好警察制服、证件及易容物品。他在几分钟内改头换面成另一个人,不慌不乱地剜去手腕处植入的纽扣式GPS定位系统,扎好绷带,在她的目送下,吹着轻快的口哨,平静地穿过数重哨卡,在穿越最后一道哨卡后还不忘挥手向她示意再见。高墙外一条分岔小径边的树荫下停着她安排好的一辆套牌汽车。她以身陷囹圄的代价换来父亲的自由。

借助于监狱管理局的老朋友帮忙,我知道王小兰对自己所犯下的罪行全部供认不讳,但她始终没有交代这样做的真正理由,一直用"鬼迷心窍"来搪塞。这种自甘堕落的选择令人难以理解。她的丈夫与两个儿女因此勃然大怒,前者提出离婚,后者宣布要与母亲断绝关系。她还是一言不发。这让我好奇,想知道这是为什么,哪怕那个逃走的犯人并不是我的父亲。我来到看守所表明来意与身份,她沉默地看了我十三分钟,脸容终于发生细微变化,眼轮匝肌向里收缩,眼角处形成褶皱,颧大肌非常敬业地把嘴角慢慢地、向两侧、向上拉扯。无论是嘲笑、取笑、耻笑、讥笑还是开怀大笑,都只由两组肌肉主导而成。要鉴别它们却极为困难……是的,她是在微笑。

　　四周皱巴巴的,寂静压迫着耳膜。耳朵里轰隆隆地响,有一辆火车在来回跑。

　　"如果是因为我爱他,你信吗?"

　　我当然不信。"爱"这个字眼从一个五十多岁的女人嘴里说出来的情形太过诡异。我都能听见站在角落里的小警察胸腔处回荡的嘲讽声。我宁肯相信这只是她为了避免尴尬给我一个台阶下,但当她说出这个字眼时,我清楚地看见她原本坚硬的下颌在几秒钟里变得柔滑光洁。紧接着,一种痛苦把她的眉尖拧蹙。

　　树叶犹如黄金。清晨的光线刺疼了我的眼。窗外有三棵树。中间那棵银杏树啊,不断地撒落下一种梦幻般的斑斓色彩。我以为自己置身梦境，几乎都要以为自己是正从银杏树下飘下的一片落叶。我不得不点燃一根烟来驱赶这种恍惚感。在许多年以前，我也曾在一个少女的下颌处看见这种"柔滑光洁"。我们甚至在众目睽睽下，发明了一套极复杂的用几何图形来表意的话语。点、线、面，繁殖出种种只有我们两个人才能心领神会的意义。这是一个危险的游戏，让我越来越迷恋于这套话语本身所拥有的智性。在一段很短的时间内，学会用它搭建出一个几何上的宫殿，并触类旁通，相继建构出物理的城堡、化学的街道、语文的广场。而当我完成这些，杏仁眼的少女已怀了他人的孩子。

"爱不是加减乘除。是高潮，戏剧冲突的顶点，音乐中最震撼人心的部分，羽毛被飓风卷上高空的时刻。"

我不再是不谙世事的少年。我在太多年轻的雌性脸上看到过这句话的各种表达。它根源于一种鲁莽而又轻率的热情。所以这些雌性，也包括那个杏仁眼的少女（她与男友共同吸毒贩毒，被执行枪决），皆不可避免堕落与被毁坏的命运。现在我又看见了它那张颟顸自得的脸庞。我该说些什么呢？

"一个老女人爱上一个小她二十来岁的男子，与他合谋杀了丈夫，背弃了孩子。后来，谋杀被发现。他们争着为对方掩罪，都说是自己独自干的。他们最后被判了死刑。押赴刑场的时候，他们许下来世结为夫妻的承诺。很感人，寒风吹动妇人的白发，吹着男子年轻的眼。影院里一片唏嘘与被刻意压抑的抽泣声。他们恨不得马上去拥抱身边的陌生人，共同分享这种动人的情感。电影结束了,他们迟迟不愿离座,掌声经久不息。大火突然袭来,他们这才如梦惊醒,争先恐后往通道挤去,践踏别人,也被别人践踏。452个人死于那场灾难。出席电影首映式的女主角,几分钟前还被众星捧月;几分钟后,她被踩成肉酱,肠子流了一地。"

我咳嗽起来。

吸烟有害健康。早在五年前,京都市政府便颁布法令,要求卷烟厂必须改良配方,烟草的味道便一天比一天难以忍受。许多人戒掉吸烟恶习,嚼食一种品牌叫"梦娜"的口香糖。而我之所以还保留这个习惯,也许是因为对母亲的怀念。

我的咳嗽传染给对面的中年妇人。她那张脸像被人重击了一拳。我掐灭烟,心里甚感抱歉。吸烟前我应该征询她的意见。我掏出一包手帕纸,想起身递给她。小警察制止了我的鲁莽。在这场谈话之前,朋友已交待了几条必须遵守的探监注意事项,比如任何未经警方检查的物品不可以直接交到嫌疑犯手中。我对妇人报以苦笑。妇人平静下来,用手掌擦去鼻涕与眼泪。她的声音因为痛苦变得悦耳,是河底卵石在水流中互相碰撞的声音。

"电影把人的一生搁进九十分钟内,但没有人的一生真的就是九十分钟。这种技术上的裁剪、叙事,剔除了九十分钟以外的大量冗余。这些冗余看起来是无用、重复且令人难以忍受,但它是人的血肉,保障了人的真实性。可为什么我们还要上影院,不断地为它热泪盈眶?因为它不仅是一次虚构的热情,还是一种说谎的艺术,一个做梦的时刻。没有比梦与艺术更重要的。

"这话不是我说的。但我相信它。我用了五十多年才发现,这世上再没有其他任何一件事比梦与艺术更重要。爱,是这两者结合时的显现。

"能给我一根烟吗?"

她说得又急又快,说到最后一句话脸上浮现出恳求之意。

我回头望小警察。

小警察迟疑着,目光瞟向屋内墙壁右上角的监控头。

"你吸吧。我吸你的二手烟。"

她轻叹一声,耸耸肩。紧绷如弦的身体因为这声叹息松弛下来。她的眉心有一颗美人痣。我能想象出她年轻时的风韵。她细长干瘦的手指在桌面上轻轻敲打。这种有节奏的敲打是某种类似摩斯密码的讯息的传递吗?我听了片刻才哑然失笑。我最近真是看多了那些悬疑谍战影片。她不是被捕的地下党,我也不是来接头的情报人员。我目不转睛地看着她,她额头上有一些阴影,若深海处透明而又抽象的鱼。那会是头颅深处大脑皮质层的投影吗?我在梦里见过这种鱼群的游动,在一个极蓝的空间内,它们的游动纷乱有序,宛若一个完整的生命体。妇人把我吐出的烟雾深深地吸入肺里,一点也没有浪费。她在仔细品咂烟草的滋味。这回她没有咳嗽,喉咙里咕噜几声。

"怪不得他喜欢抽。"她用手背擦擦嘴,"不用多久,你就能听到你父亲的消息。到时你便会明白我这样做的理由。"她说得很慢,声音干巴巴的。这句话一下子掏空了她体内的气血,她的样子在迅速衰老下去,嘴角出现很明显的法令纹。

我准备离开,示意小警察打开房门。

她一声大喊:"你不像他。你不配像他。"

我差点被她这句话搡出门外。

我不明白她为什么要这样说。我们中间隔着几米的距离,也隔着铁、猜忌与怀疑。我回身尽量让自己语气保持平静。

"为什么要像他?他给了我衣穿,还是饭吃?是的,他提供了一个精子。我的确是他某次性冲动时射出的几千万粒精子中的一颗。但这值得我对他的性冲动感恩戴德?别说他是一个可耻的在逃犯人,哪怕他是秦始皇加马克思,我也不想与他有丝毫相同处。这是我的权利、我的意志、我的自由!"

我不明白自己为什么这样冲动,说到最后还朝她挥舞起拳头。

我有点讨厌这样的自己。一切不可被控制的,都应被剔去。

"那你为什么要来到这里?是想再次把他送入监狱吗?"她冷笑起来。一只鹰从她喉咙里飞出来,卷起一阵冷风。

父亲是在三年零七天前认识王小兰的,那是他们第一次见面。

在此之前,他们之间不存在一段不为人知隐秘而又炽热的情感;在三年零七天里,他们之间也没有发生人们通常以为的那种爱情,当然按王小兰的交代,他们上了床。他们之间第一次,也是仅有的一次性行为发生在父亲逃狱七天前,是她做出帮助他逃狱决定的三个月后。提审她的警察本意借这种问题,摧毁其意志,故意在细节上反复盘问。这种人格羞辱没有取到效果。中年妇人讲完后,我那个监狱管理局的,有着一双凌厉丹凤眼的老朋友,在阅读审讯笔录时,惊讶地发现,这是一篇在网络上广泛流传的色情文章。

这是一桩令人难堪的笑话。原来的审讯者被迅速替换。这回他们直接嘲笑她,指出她关于与父亲上床的交代纯属谎言,说男人宁肯与母猪发生性行为也没法在她面前勃起。

她听着,不分辨。这个有经验的前狱警深谙审讯的奥秘。连续更换了三位审讯者后,我的朋友不得不承认,要想从这个妇人嘴里撬出一句真话,不比父亲的越狱容易。

朋友把我叫到她那个位于 27 层楼的椭圆形办公室。我们俯瞰着京都市的黄昏。这是奇迹与日常碰撞之所。熙熙攘攘的车流遵循流体力学原理流过冬日的街道,车辆之间有着奇异的黏;橙黄的夕阳贴着京都塔的曲线一点点下坠,塔座上悬挂的巨型 LED 屏幕上在播放一则公益广告。在它异彩光芒的笼罩下,世界成了剧场,所有人都是置身其中的观众;更远处,霓虹伴随着夜前进的步伐在逐一亮起,犹如一团团汹涌的火。

天地间有一种让人屏声静气的旋律。

"这种秩序与美是值得捍卫的。"她顿了下,转身凝视着我,"哪怕它是假的。你说是吗?"

桌上有半杯水,我把它倒入喉咙。水让身体更渴。这个念头如此真实不虚,几乎要把五脏六腑翻搅起来。但我的身体不缺少水。进屋短短半个小时,我已经喝下三大杯上千毫升的白开水。我只是渴。

办公桌的电脑屏幕上有一组自动循环播放的幻灯片,主要是对父亲狱中生活的记录,或站或坐或行或卧,有远景、近景及特写。其中几张拍摄的是睡梦中的他。这张极普通的脸上略显孩子气。很难想象这样一张脸会成为许多京都市民心中的图腾。

"对你父亲的好奇已经是我生活中不可缺少的一部分。这样一个平庸的脸容下,居然隐藏着这样一个杰出的犯罪大脑。从保险公司偷数千万不困难,困难的是把这些钱交到数百名理应获得赔偿的人的手中,他做到了;把退潮时才能看见的土地拍卖给房产商也不困难,困难的是在房产商发现骗局后,因为法律手续的无可挑剔,仍然不得不把土地款转入专门为被强拆户设立的援助基金,他也做到了。"她看见我疑惑的目光,笑着解释,"所以我没法不对他好奇,纯粹的好奇。追捕他是警察部门的职责。如果我发现了什么线索,我也会及时通知他们,这是一个京都市民的义务。"

警察部门对父亲的悬赏花红已经开到令人咋舌的百万京都币。

"我这里还有一件东西,是在王小兰办公室找到的。你父亲的手笔。正件已被警察拿去，这是我搞到的拍摄件的打印稿。"她眨眨眼，瞳仁深处有一抹阴翳。

"也许里面隐藏着某些线索。这需要你这个心理与行为分析专家帮忙。怎么说呢，它们看上去就像是那些愚蠢的人们还阅读的……"她拉开抽屉，找出一个档案卷扔在我面前，嘴里有点不情愿地吐出一个词，"小说。"

我哑然失笑。父亲这个臭名昭著的罪犯，京都市的"救世主"，在干下那么多件让人惊骇莫明的疯癫事余，居然还有心思写小说这种早已被众生唾弃的东西。这真是一桩咄咄怪事。或许像大家传言的那样，父亲脑子里可能真的藏有一匹马，一匹额头长角、被神灵所遗弃的匪夷所思的马。

马蹄声嗒嗒。

落地窗外，一群鸟，是灰色的鸽子，以鸟类特有的优美姿态，迎着霓虹所掀起的火光振翼掠过。夜，闭上了眼睑。城市上空，低垂的云层犹如一块灰黑色的帷幕。风掀着它，掀起许多褶皱与一些似是而非的图案，有的是独角兽，有的是吼声如雷的夔，更多是那种透明而又抽象的鱼。它们在高速运动。因为游得太快，一尾鱼一头钻出自己的鳞甲，而后面那尾鱼则一头扎入那具鳞甲中，鱼身一下子鼓胀起来。整个鱼群的秩序顿时发生了一种变化。如果用流体力学里的一个概念描述，即是"雷诺数到了临界点，气流从层流转为湍流"。一尾尾鱼甩动头尾，随着一连串噼里叭啦的声音在空中炸响，我突然意识到一个事实：

这些被某个神秘意志主宰的它们在聚集成形。

帷幕中间终于出现一张虚拟的人脸,缓慢而又迅速。这张脸上同时有着金属的光泽、木的纹理、水的流动、火的颜色,以及土的气味。尽管不大真切,我还是一眼认出那是父亲的脸,一个在每位京都市民心里出现过的旋涡。

我惊呼出声,下意识闭上眼。等到再次睁开,过了漫长的几秒钟后,我才确信眼前所见并非幻觉。京都塔顶,确实有一台大功率的镭射机在把相关图像投影至云层上面。所有人都能望见那道强有力的,要把天地贯通的光柱。

"他是怎么办到的?"

"他想干什么?"

她看看我,一脸震惊。

从技术上说,在云层投影成像并不困难,一台高功率光源再加上投影机、图案器件等若干设备就能办到。但要把这些设备搬上京都塔是困难的。作为地标性建筑,京都塔执行特级安保方案,各大门皆设双岗、中控室实行 24 小时不间断全方位的监控,对游客有着从头发梢到脚指甲的检查,塔内工作人员在内,每次进出也都要履行这套极繁琐的手续。这种警惕性让苍蝇与蚊蚋也唯恐避之不及。而且云层是不可控的,这需要有着极丰富的气象学知识,知道今晚会出现这种反射率高的云层。

父亲这样煞费苦心地折腾究竟想干什么?

我与她面面相觑，都嗅到一丝不祥的气味。我们此刻能想象得出京都塔安保人员惊慌的样子。他们奔跑，跺脚，破口咒骂，恨不得能在下一秒关掉那个该死的激光投影系统。这多半是徒劳无功的，电梯会无法启动，安全通道也将被封死，等到他们取来破门利器，父亲早已做完他想干的，然后像他曾经做的那样，用一只滑翔的降落伞包摆脱追踪，消失在人海里。我还能肯定的是，父亲消失的方式一定比我现在所能想象的要高明百倍。

虚拟的人脸露出一道意味深长的笑容，然后消逝不见。

云层上出现一行黑体字：

我爱你们。现在是娱乐时间，欢迎来到京都塔下。

我回头看了眼朋友。她手上多出一支高倍望远镜。因为落地窗外霓虹的映耀，她的脸色一阵白一阵绿一阵蓝。她搁在桌上的手机开始振动鸣响。

她抓起手机看了眼不知道是谁发来的短消息，嘟囔道："市长完蛋了。"

"他若再被逮捕，就要被绞死。丑闻不是不可以被公开，但换一个市长对他有什么好处？他还不如捏着市长软肋去弄笔钱，或者干脆换一纸特赦令。傲慢与虚荣？还是渴望革命？"她把脸埋入手掌，搓了几把，露出两只困惑的眼睛，"革命一旦爆发，便有它自己的逻辑，必将充满血腥地一浪高过一浪。若说他不惮于革命，以他的智商不可能不知道，革命只会发生在人们对苛政感受最轻的地方。"

我凝视着她身体的曲线。

她说的最后一句话，我在一本已经被禁止提起的书里读到过，因为"人们耐心忍受着苦难，以为这是不可避免的，但一旦有人出主意想消除苦难时，它就变得无法忍受了"。事实上，除此之外，革命最起码还需要组织、资金，一个"正确、坚定、有感染力"的信仰体系。而据我所知，父亲就是一个独行侠。换句话说，革命不是父亲所渴望的。

"当他选择这种哗众取宠的方式暴露市长丑闻，极可能导致民众的普遍混乱。失控的暴力一旦来临，那是所有人的灾难。对秩序，或者说对安全感的渴望，是人的天性。当流血事件发生，流血的必然是那些他曾声称要为之伸张正义的弱者，他又该如何面对自己良心的谴责？"

光影在她额头上跳动扭曲，犹如一群盲目飞动的蚊蚋，让人无端端心悸心慌。

她跌回到椅子里，手托住腮。

我接过望远镜。我不知道该怎样回答她的困惑。这是一个悖论。我不是父亲。我在高楼往下看。父亲在空中打出的那行黑体字是一句神秘的咒语。许多人张望着，渐渐开始离开他们原本的行走路线，或者走出家门，三五成群，四六一堆，犹如不断叠合的一个个不同尺度的涡旋。人流很快形成，开始还只有铅笔画出的细线大小，眨眼就有大拇指头粗细。

这是一种具有非常怪异特性的流体。它能掀起拍沉钢铁巨舰的浪头，也会瞬间化作虚无。在人流中，不管一个人多么智慧、强壮、高尚，一旦被其裹挟就必然要跟随它移动的节奏——哪怕眼看着自己脚下有一个被践踏的人，也会身不由己地再踏上去一只脚。它能最大限度地攫夺理性，使一个人沦为一个单向度的畸形物。人流是危险的；当人流被有意引导至某个特定区域就更加危险了；而当一个能激怒他们的事实，再被不加丝毫掩饰地摆在眼前时，受到挑衅的人流，会变成一头比世界上所有恐怖生物加在一起还要可怕的怪兽。

父亲想干什么？

"我恨你们，我假装爱你们。"

也许父亲在意的，并不是对正义的诉求，他内心原有的道德体系早已在某个暗夜分崩离析，他已经成为他所憎恶的那种人。如果说他过去像罗宾汉一样替弱者打抱不平，纯粹出于一种人类与生俱来的悲悯与同情之心，那他近年的"打抱不平"，便只是为一个他所津津乐道的游戏争取筹码。

我一直在观察他，一直在收集关于他的种种。他这些年的行为有太多不合逻辑的地方了。或者说，他必定有他的逻辑，而我要找到父亲，就一定要弄明白这种逻辑，即使它的实质是一个"不可能的楼梯"。

人不可能不改变，哪怕是父亲这样的人。

一个越有道德强迫倾向的人，越易坠入自己的对立面。若不惮于用最大的恶意来揣测，父亲这次完全有可能与市长的政敌们达成某种默契，或者进行一桩让人厌恶的交易。如果说不管谁坐在市长这个位置上，他都只能成为"市长"而不是别的什么，那么父亲根本不在意谁是"市长"，他就像一个智商高达二百的孩子在打游戏通关。

我没有说出心中瞬间转过的百般念头，胸腹处传来阵阵隐隐的痛楚。若我没有看错，京都塔下已经出现一只让人望而生惧的饕餮怪兽，通体散发出令人晕眩的光晕。广场即是火光所在，但不能说来到广场的人是一群心甘情愿地以身饲火的蛾。他们中的绝大多数是出于人之对热闹与娱乐的本能追求。父亲在欺骗他们，玩弄他们。

脑子里出现一道光。

然后是厌恶感与无力感。

躯体出现异样的不适感，像躺在坦克履带下一条被碾碎的马路。我憎恶这种行径。我很想把那个叫王小兰的女警叫到窗前，问问她，这是不是她想让我看到的有关父亲的消息。朋友尖叫，从椅子上一跃而起，夺过我手中的望远镜，"这不是你父亲干的。有人在栽赃！"

"你在看什么？"

"看防暴警察出动的时间。你注意看那些警察的车辆，他们对人群的隔离。天啦，他们居然连高音喇叭都准备好了。这只是一场演出。他妈的。你父亲的虚荣心与智商虽然一样让人叹为观止，但这不是你父亲做事的手法，太煽情了，太无耻了。这种刀口舔血、火中取栗的做派，极可能是……"她停住嘴。

手机响了,是我兜里的。一个陌生的来电号码。

"我的孩子,想来你正在看着窗外深为困惑。这是我为你上的最后一课。"

是父亲的声音,我不可能听错。声音里有我从来没有耳闻过的一丝温情。我打开免提,手机轻搁在几案上,朝一脸惊愕的她示意一个别出声的手势。

"编号 10787691。"

父亲的声音蓦然间变得威严而又冷漠。几乎同时,原本斜靠窗边的她猛地挺身行礼,手臂高抬,右臂 45 度,手指并拢向前。她的身体把我撞开。一个念头犹如电光火石照亮了我。我毫不怀疑,就算我此刻被她撞落悬崖,她也会一直保持着这个姿势。一块巨大的阴影从心底悄无声息地升起。父亲的声音像石头一样,在房间里一颗颗滚动。

"人民需要狂欢。这是狂欢的时刻。孩子们,我乘烟火去了。从明天起,维护京都秩序的重担就交到你们手上了。我的儿子,从今晚起,你的编号就是 19678701。"

一颗颗汗从她额头跳出,她没看我,身体在战抖,她的手指骨节已经发白。如果说几分钟前,我还能从她身上感受到一丝女性特有的柔软,现在我从这种"轻微的战抖"中所感受到的却是一种令人不寒而栗的机器轰鸣时的节奏。

父亲挂断电话。他的话短促、坚硬,难以消化。屋内死一样的寂静。几分钟后,落地窗外传来一阵阵山呼海啸的呼喊声。巨大的光影在墙壁上跳动。这不是革命,是一条被精心设计的疯狂过山车的轨道,是对人们这团混乱的激情暂时的释放。当人们走下过山车,内心会重新平静——这个盛大的狂欢节,会成为他们一生中反复咀嚼的橄榄果。那个丑闻被曝光的市长是一头养肥后被宰杀的猪。民众的仇恨与不满,会被集中引导到他身上。夜晚过去,明天来临,他们将重新拥有憧憬,能忍受他们昨日觉得已经不能再忍受下去的生活。

而父亲……父亲昔日的形象,自始至终只是一个被有意建构的神话。父亲与京都政府,只是一枚硬币的两面。这枚硬币,即是秩序。

父亲为什么要这样做?

他从哪里获得了这种可怕而又隐蔽的权力?又如何愿意为对这种权力的行使,付出一个人所本该拥有的生活;并不惜为了使这种权力所捍卫的秩序得到延续,把自己打扮成"反秩序者",还被自己的儿子送入监狱?

又或者说,这只是我的臆想?

这是 2016 年的京都市。一只鸽子在玻璃幕墙外的支架上缓缓敛起翅翼。这不是一只真正的鸽子,是一台被人操纵的监控系统,微弱的红光在它腹下有规律地闪烁。我对它挤出笑容,眼角余光瞥见朋友的手臂在慢慢放下。一个是"缓缓",一个是"慢慢"。我努力翘起嘴角,挂住笑容。这很艰难,但必须这样做。

"你在想什么？"

她的声音恢复了昔日的轻柔。

"我会给你解释的。"

她把手放在我额头上，比我的额头还要冰凉。

我抽出她刚才给我的那份关于父亲的档案。是拍摄的打印件，但还是能一眼辨认出原件写在荣宝斋出品的那种八格淡黄色底的笺纸上，纸质相当不错，这让我想起母亲在炎炎夏日中裸露的光滑手臂。我猜想父亲在书写过程中一定感受到某种隐秘的快意。

父亲书写的文字全部呆在那个由锁链图案连成的大方框内，又未完全遵照笺纸给出的既定格式，横着从左至右，把那些竖排的格子线无视了。这应该是一种下意识的复杂心态，有对京都传统文化的热爱，也有对这种古老秩序一定程度上的冒犯。

从看到这些字的第一眼起，我便相信它们是父亲亲手所写。母亲留下不多的遗物里，有一本硬壳《不列颠英汉大词典》，其页眉边，被这种笔迹密密麻麻地填满。我没问过母亲那是谁留下的。我知道是谁留下的。其中一段笔记，或许可以是对"这种下意识的复杂心态"最好的解释——书有横排与竖排两种。竖着读，自上至下，不断点头；横着读，从左往右，不断摇头。人类的大多数文化不约而同地认为：点头表示肯定、顺从、敬畏；摇头表示否定、质疑、不恭敬。点头与摇头是人类两种基本的行为模式。有时想，横排与竖排，看似一个简单的版式问题，却可能一直在隐秘地影响着人类文明的进程。

窗外响起霹雳。一些光影扑簌簌落下。那是雷声，还是什么？

我还是觉得渴。我抓起办公桌边搁着的水瓶，直接把水倒入喉咙。喉咙里有火。我看见玻璃窗上映出自己的影像。我同时也看见身边她的影像。她的丹凤眼里比昔日要多出许多内容。我不清楚我是在梦境中还是在现实里。"我们对外界感知不全由真实环境决定，而极大依赖于已有经验的映射。"换句话说，我们看见我们想看见的，我们看不见我们不想看见的。

"也许我在做梦。"

我嘟囔着。

"如果要明白，就应当相信；因为除非相信，否则永远不能真正明白。"

她在我对面坐下。

"几年前我们在一个培训班同窗时，我问你小说是什么。你说一是自我观照之镜；二是镜中虚影。影中又有自我之眸，眸中又见虚影，重重虚影，成其无尽复无尽也。又或者说，小说一直在死去，因为所有的过去（人的形象）只有暴露在美杜莎的目光下，才具有被雕塑的可能，以及必要。而要窥见这个痛苦漫长的石化过程，就要借助帕修斯手中记忆之盾的反光。"

她望着我的目光极其复杂。

我能在这双淡褐色的眸子里找到怜惜、痛苦、欣慰等等。我不明白为什么这么多的情感能同时出现在一双眸子里。

她瞟了眼我手中的档案袋，不无犹豫地道："我本来希望自己能把它当小说读的，但读完后背上生出一层冷汗。我犹豫了很久，还是决定让你看看。我不知道父亲为什么把它留在王小兰那里。我也不知道你能看见什么。我曾希望在你眼里，它只是一个不具有完整性的小说。现在我应该告诉你，尽管父亲虚构了许多，我还是能大致辨认出我们这个组织的起源与来历。"

她从抽屉里摸出一块"梦娜"。

"要不要？"

我接过这块粉白色的圆形口香糖。

她的手指在我掌心停留了片刻。

"有时真想到这个离我们七千八百公里的一个叫普卡的地方去看看，毕竟它在父亲的脑海里真实不虚。"

她笑起来，笑得不无勉强。她说的是"父亲"，而不是"你父亲"，这是她对"我们这个组织"表达敬意的方式吗？我把"梦娜"扔入口中用力咀嚼。口中有湿黏的感觉，像有条蜥蜴藏在舌头底下。我吐掉它。我想读完手中的这几张纸。一种难以言说的渴望抓住了我。

第二部分

　　普卡在一块叫"阿非利亚洲"的大陆上，在世界的西南面，那里阳光灼热，大部分是沙漠，有炎热的风，也有郁郁葱葱的森林与一望无际的草原，还有一条物产丰盛的地球上最长的河流。土地多半是褚红色的，到处种满能结出红果的咖啡树。一群肤色黝黑头发鬈曲齿白若贝的人生活在这个自然馈赠极其丰厚的国度。尽管这个星球上的其他人都觉得他们是一群同根同种、有着同样高额头黑眼睛宽扁鼻子的人，他们也都信奉一个披象皮的叫阿亚的女神，文字与语言完全一样，奔跑起来同样敏捷迅速，而且男性阴茎就没有不粗而大的，年轻女性肌肤也没有不丝滑若绸的，这群黑皮肤的人还是根据某个奇怪的原因一分为二，分别自称为希族人与伯族人，并分别把对方蔑称之为亚族人与利族人（在普卡语中，"希"的意思是聪明智慧，"伯"的意思是勤劳勇敢，"亚"的意思是呆笨愚蠢，"利"的意思是见钱眼开）。

　　许多外来游客被搞得头昏脑涨，想了个简洁法子，私下里把一方称为希利人，另一方称为伯亚人。只能是私下里。早年曾有一个年轻的背包客，因为在几个特定场合未能准确区分他们的自称与蔑称，结果上午被希利人砍掉左胳膊，下午又被伯亚人剁去右胳膊。这桩惨案直接导致游客数量的急剧减少，普卡政府这才紧急出台了一项法规，规定：

希族人与伯族人都是普卡人。

普卡人欢迎全世界的人来普卡观光旅游，但请游客自重，不要故意伤害普卡人的民族感情。有违反者，视其情节轻重，不分男女老少，一律处以鞭笞三记，立刻驱逐出境，其直系亲属亦被普卡政府列为不受欢迎的人。

这份通告惹来一片嗤笑。既然是"一律处以鞭笞三记"，又何必"视情节轻重"呢？不过法规一经颁布，便已生效，不容置疑。据几位不幸的游客说，那个行鞭刑者，是普卡一个从不开口说话的独眼老人，他手中握着的有众多宝石装饰的鞭子真是造物的奇迹，可能是鞭梢系有羊眼圈的缘故。第一鞭下去，便让人性欲亢奋。这本来是天底下所有性冷淡女性及男性阳痿患者的福音。可惜第二鞭下来，就让人顿感生不如死，身体像被刀子劈成了两半，一半是水，一半是火。到了第三鞭，就是纯粹的痛感，人的意识与潜意识就在脑子里做着布朗运动，瞳仁所见皆是白茫茫的一片，连挂在天上的太阳看起来都感觉像冰天雪地里的鸟叫。

很难说，这项法规在多大程度上刺激了普卡的旅游业。短短数年内，去普卡就已风靡全球。它意味着品味、时尚，是一段非凡的体验，一种必须拥有的生活方式。有人宣称，"一个人若一辈子没去过普卡，他的一生就是不完整的"；许多人甚至宣称，当鞭子抽下来的时候，他们在普卡老人的那只布满灰翳的独眼里，同时看见镶满星辰的天堂与燃烧着熊熊火焰的地狱。可惜当老人因某种不知名的突发病死去后，这种奇迹不复再现。鞭子抽下来,只是鞭子,不再是别的什么。

　　普卡老人没有留下后代,他的三位妻子都未能继承他神奇的能力。尽管政府一再严令禁止,在遍布普卡街头的大大小小的咖啡馆里,人们还是情不自禁地讨论起老人的种族属性。关于老人是希族人还是伯族人的争论引起一系列流血事件。老人火化后所余下的三十七颗舍利子的归属更差点引起一场战争。政府不得不紧急出面调停,在普卡政府议会大厅,用一架天平把这些椭圆形的结晶体均匀地分成两半,由希族人与伯族人的代表摸阄决定所得,再分别装入一个嵌有珠宝的金色锦盒与一个灰色的瓦罐内,护送至各自的圣庙,并分别办了一场在外人看起来几乎是一模一样的仪式,把舍利子安放入龛。

　　在这个乏味的世界里,这样的故事犹如磁铁,所有生物的目光都被吸引,连迁移越冬的斑头雁在飞过珠穆朗玛峰后,也不忘朝普卡这个方向瞥上一眼。

　　很快,有学者找出了那个奇怪的原因:普卡人之所以把自己分成希族人与伯族人,是根据二百三十七年前他们祖先对牛的占有数量。当时的普卡尚在白人殖民者的野蛮统治下。为了统治的便利,白人把拥有十头牛以上的称为希族人,不到十头牛的就是伯族人,并实行了一整套相应的身份登记制度,规定伯族人不得与希族人通婚,不可同乘一车,在路上偶遇希族人时要双手举过肩头以为致礼。希族人杀死伯族人,需赔偿一头牛;伯族人杀死希族人,抵命,妻子儿女罚于希族人为奴。

这项规定大约在一百年的时间里得到有效执行。一百年的时间虽然是地球进化史上的一刹那，却足以让许多希族人与伯族人真诚地相信：希族人天生就要比伯族人高出一等——这两个互相敌视的群体在这里取得基本一致。

他们之间的界线并不是不可逾越的刀锋。若一个家财丰厚的伯族人，自愿奉献出其财产的百分之七十，在翌年的第十七个月圆之日，那他可以来到希族人的神庙前做一个月的斋戒（每天的日出到日落期间禁止一切饮食。不行房事。不说秽语。不吸烟闲聊。只专心诵念阿亚的名）。斋戒结束，他将与那些有着同样渴望的伯族人一起来到女神阿亚在人间的化身前。那是一个面容像水果一样鲜美的瞎眼少女。他们中将有十分之一的人能获得她的青睐，去亲吻她行走过的地面。亲吻仪式结束，那些有福的人再次站起身，他们及其直系亲属就不再是伯族人了。而另外十分之九的人只能绝望地钻入祭坛下方的一条狭窄小道匆匆离去。他们将一无所有，连原本情同手足的伯族人都会视其如仇寇。除非他们能够再次"家财丰厚"，那么他们可以再次来到希族人的圣庙前——希族人每隔数年会对这四个字的具体含义做出详细解释。希族人同样有沦为伯族人的可能。这点倒简单，只要被瞎眼少女认为是有罪的、不义的。

伯族人里就出了一个英雄，叫阿尔达。

这个据说能把一头公牛摔倒的雄俊男子，与他的几个兄弟掀起了一场轰轰烈烈的反殖民的独立运动。在长达十五年艰苦卓绝的斗争后,他们用刀与长矛赶走拿着火药枪的白人,建立起一个今天人们称之为"普卡"的国家。阿尔达没有惩罚昔日高高在上的希族人,没有宣布他们是贱民,是不劳而获的剥削者与吸血鬼,是该死的秃鹫与胡狼,反而说伯族人与希族人是一家人,是阿亚注视这个世界的左眼与右眼。

披象皮的女神阿亚,这是多么荒谬的言论呵,可这是阿尔达说的,那就必定是对的。

阿尔达又说,白人之所以要把普卡人分成希族人与伯族人,就是希望普卡人分裂,继而分而治之,妄图实现对普卡千秋万代统治的野心。

多么卑鄙无耻的白人。几位没来得及逃走的白人妇女被从屋子里拖出,被愤怒的伯族人剥光吊死在树上。"看,这些母狗是这样的白,这是最大的罪恶呵。女神阿亚。"

阿尔达制止了暴行。

他说:"把伯族人吊死在树上,这是白人犯下的罪恶。如果我们做与他们一样的事,那我们就被白人的罪恶感染了。仇恨是白人故意散播在我们心里的瘟疫。"

伯族人醒悟过来,齐声赞美着阿尔达的智慧。阿尔达的身手像山鹰一样矫健。阿尔达的心灵像平原一样宽广。阿尔达的目光像天空一样深邃。阿尔达就是女神阿亚的……弟弟!

最后一句话是一个身高盈尺的伯族妇人嚷出的。当这个声音第一次出现时,其他的声音都消失了。这种震惊体验在每个伯族人心底迅速蔓延,他们头一次发现自己原本固有的赞美格式及内容,想像力都极度匮乏;他们头一次发现那个瘦小、一脸惶惑的侏儒,体内竟然蕴藏着如此让人动容的真知灼见。他们不约而同地流下眼泪,奉侏儒妇人为先知,确信唯有"女神阿亚的弟弟"才是对阿尔达最恰如其分的描述。

而希族人是如何回报阿尔达的宽宏大量的?

"如果说白人是狗东西,他们就是连狗都不如的东西。"在很长一段时间,这句话成了伯族人相遇时的寒暄问候语。

普卡立国之初,随着对原本占统治地位的希族人不可避免的打倒、清算、财产剥夺,许多相貌美丽的希族女子境遇悲惨,沦落底层操持各种贱役。"每个伯族男子都有义务迎娶希族女子"被确认为促进普卡各民族和衷共济、和睦相处、和谐发展的国策。为鼓励两族通婚,阿尔达以身作则,在一年时间内迎娶了十二位希族少女——无数伯族少女望着那张用象牙与紫色玫瑰装饰的花轿嫉妒得几乎要发疯。要知道,伯族少女中最美丽的阿丽儿卡,只是被阿尔达看了一眼,就幸福得晕厥倒地。少女们是勇敢的,为了接近心中的神,她们甚至愿意在深夜里化身为一只飞蛾。当时,有一首歌非常流行:

阿尔达,我愿是飞蛾,只为靠近我的光明我的火;

阿尔达,我的光明我的火,请靠近我这只飞蛾。

歌词不长,反复吟诵哼唱,便无端端让许多伯族少女脸颊上挂满泪珠。

伯族少女们知道,当阿尔达娶了第十三个少女时,她们中的一些人就有机会坐进那张用象牙与野玫瑰装饰的花轿。这是阿尔达在圣庙阿亚神像前许下的承诺。她们衷心盼着阿尔达能早点娶了那第十三个希族少女。所以当那个额头上有月牙痕迹的希族少女被抬入阿尔达的帐篷后,许多伯族少女忍不住载歌载舞,看着自己在月光下优雅婉转的姿态,想象着春日里被雨点打湿的含苞欲放的花朵,与秋日缀满枝头的丰饶果实。她们怎么也没有想到,第十三位希族少女,竟然乘阿尔达熟睡之际用剪刀扎入他的心窝。

整整七天,山河恸哭,哀声如潮。伯族人觉得"天塌了下来"。大家心中只有一种感受:悲痛。数十位伯族妇女因为过于悲痛而精神失常,她们扯碎衣裳,宣称自己就是阿尔达的新娘。这些亵渎之语招致惩罚,在侏儒妇人的指挥下,她们被装入麻袋逐一扔入阿尔达帐篷后面那条水流静深的河流。

帐篷四周竖起十二具十字架。阿尔达娶过的十二个希族少女被逐一钉死在十字架上。那个额头上有月牙痕迹的希族少女,被绑在中间木柱上,眼睁睁地看着她的父族、母族,与她那个希族情人的父族、母族共三百四十二个人,被十头大象踩成肉酱。她疯了,咯咯地笑。许多人对她的疯困惑不解,这难道是某个邪恶神灵对她的庇佑么——使她能逃脱来自心灵深处最痛苦的惩罚?侏儒妇人的话安慰了他们,因为,"从这一刻起,她就是一块徒然具有'人'形象的肉"。她被闻讯赶来的十二个希族少女的父亲一人一刀切成十二块，喂了狗。然而，这并不是结束，一夜之间，希族人沦为连狗都不如的贱民。

那是一场大屠杀。

占人口百分之七十的伯族人在国家议会上通过了一项决议。内容很简单，就九个字：

所有的利族人都该死。

希族人的圣庙被大火付之一尽。伯族男子们纷纷用刀与绳索杀死了他们各自的希族妻子。不管他们内心有多么不舍或不解。不是所有的伯族男子都这样做了。阿丽儿卡的哥哥，那个叫阿门儿卡的青年黑人带着他十六岁的希族小妻子加入逃亡人潮。他们在月光下的红果林里奔跑，跳上独木舟，借助于森林与河流的掩护，一次次地摆脱近在咫尺面目狰狞的死神。

阿门儿卡的敏捷与神奇只有他的妻子知道。在必要时候，他可以化身为河面的枯叶、山谷中的石壁，甚至是一匹头上长着犄角的马。他的法术欺骗了追来的伯族人。

他们成功地逃离普卡，来到一个叫托米尔的希族人聚集之所。不幸再次发生，阿门儿卡被希族人认出身份。当他被人喊出名字的一刻，他的法术都失去了效果。他被绞死，尸体被扔入垃圾堆被野狗分食，头颅在很长一段时间里成为希族顽童脚下的足球。他的妻子绝望而又惊恐地注视着这一切。一个月圆之夜，她离开了托米尔，在一个好心人的帮助下溜进一艘开往东方的远洋巨轮。

那时,她并不知道她腹里已经有了一个孩子。阿门儿卡留下的遗腹子,是我同母异父的哥哥。

他叫阿城,他的全名应该叫做阿城儿卡。

(父亲的笔迹在这里出现了变化。由开始的秀丽飘逸变得浓郁顿挫,能够察觉到其中一种刻意抑制的情绪。怎么说呢,就像那些体内蕴藏着火的煤炭。我不知道自己为什么会想起这个比喻。我没有抬头。眼角余光瞥见我的朋友。她还是保持着刚才的坐姿,一动不动,犹如雕塑。很多年前,我见过她这种样子。一个公安局的副局长以为她是被他的话吓傻了,结果下一刻就被她踢碎了睾丸。我抽抽鼻子继续往下看。如果我没有猜错的话,她应该是抽出了一些纸张。父亲的叙述腔调发生了变化。)

在京都市,阿城是一个传奇。

最早,他只是作为女佣之子,一个皮肤黝黑头发鬈曲的异类,不断地被他的同龄人嘲笑。在他还是少年时,一些人最喜欢干的事就是突然拦住他的去路。

"喂,替我去街对面拿个包子过来。"

阿城摊出黑黑瘦瘦的手掌。

"有钱我还叫你个屁呀。"

阿城不说话,低头看脚,手掌仍高高地举着。

大家就笑。有人伸手去扯他的鬈发,"头发烫得这样,还说你没钱?"

这不是一个笑话。大家笑得更开心了。阿城还是不说话,手掌还是高高地举着。阿城都要缩到手掌下面。大家这才心满意足地在阿城手上放上一个硬币,"好了,现在有钱了,快去替我买两个包子来。"阿城一动也不动。一个包子要一块五。有人不耐烦,往他屁股上踹一脚。阿城只好跑到街对面,从裤兜里再摸出一个五角硬币,买了一个包子,咬了一口,跑回来,"给,三分之二个包子。一元硬币只能买到这么多。"

所有人都笑。阿城不笑。

就有人说:"小黑鬼,你为啥不笑?"

阿城只好咧开嘴,露出一口雪白的牙齿。就有人捏了捏他的腮帮子,"牙口不错。小黑鬼,京都话说得这么好,谁教的?"

阿城说:"妈妈。"

就有人指着他的眼睛说:"这是什么?"

"眼睛。"

就有人指着他的鼻子说:"这是什么?"

"鼻子。"

就有人指着他的头发说:"这是什么?"

"头发。"

"不对,这不是头发。这叫鸡巴毛。"

阿城抡拳,就有人抓住他的拳头,把他摔倒在地;阿城想踢腿,就有人抓着他的脚踝,把他重重地摔倒在地。阿城又哭又叫，就有人抓着他的四肢，把他荡成秋千，眼看着越荡越高，一松手，阿城就掉到路的那头了，等到他爬起身，只有一阵阵欢快的笑声在像河面一样宽阔的街道上飘来荡去。

阿城没有去问妈妈他们为什么要这样对待自己。阿城没读过《左传》，也没听过"非我族类，其心必异"，但父亲留在他身体里的血足够让他认清这个事实。他也曾在几个夜里想用刷子把皮肤上的"黑"都刷去，可在一次次徒劳无功后，他终于心平气和地接受了这个事实。事实还有很多个，都有各自的因，都有其伦理与路径。它们的总和，就是这个不断形成的"我"，前天的阿城，昨天的阿城，今天的阿城；它们也都是刀子，雕刻着人心，使前天的阿城、昨天的阿城、今天的阿城有了一副木讷阴郁的样子。

阿城的成绩不算好，中等。阿城喜欢京都字，最喜欢读京都四大名著里的《水浒传》，阿城都能把那一百单八将的人名与绰号默写出来，但他的读书生涯还是在小学三年级因为一桩很普通的校园事件戛然而止。一个同学丢了一百块钱，崭新的京都币。同学们在班长的指挥下排队打开书包翻开口袋证明清白。阿城不肯，死死抱着他的书包不放手，嘴里反复叨唠着一句话："你们没有这个权利。"这不应该是他那个年纪说的话，他偏偏就那样说了。这激怒了大家。他们一拥而上。阿城表现得像一头狮子，他把牙齿、唾液乃至身体的每部分都当成反抗的武器,还不惜在裤裆里拉了一泡屎。他的书包还是被扯开,在众目睽睽之下,课本被倒出,里面确实有一张崭新的百元钞票。

阿城被叫到校长办公室。几十分钟后那个小个子的黑皮肤女人匆匆赶来。尽管她一再声明,那张一百块钱是她给阿城的早点钱,可谁信呢?母为子隐,这是人之常情。一件小概率事件挽救了这对母子。黑皮肤的女人在绝望中想起被自己遗忘多年的女神阿亚。她面朝西南方向,行等身磕头礼,嘴里诵出一连串谁也听不懂的音节。她古怪的行径让大家面面相觑。几分钟后,阿亚眷顾了她。她哆哆嗦嗦地掏出钱包,从中数出十七张百元钞票。它们是崭新的,号码相连,而那张被视为"罪证"的钞票号码是其中之一。

阿城没再去上学。黑皮肤的女人失掉了她这份异常珍惜的女佣工作。用那个走路像大象移动的主家妻子的话来说:"虽然用黑人女佣是一件挺具有国际范儿的事,但万一她是女巫咋办,万一她把我家男人变成她的男人,我到哪去叫撞天屈?"

阿城与母亲在街头摆起水果档。

阿城削水果的本事让人叹为观止。一只梨,眼不看它,一刀下去,数秒,皮肉脱离到底,皮薄如纸,宽窄均匀。整个过程就跟变戏法一样。用一位以研究《庄子》为己任的京都老教授的话来说:"此虽小术,近于道。"学问高深的人自然不止这一个,京都文化向来博大精深。在另一位阴阳家眼里,这梨肉是白的,是为昼;削梨人若黑炭,是为夜。每个削好的梨便就有了昼夜、四季、晴明,除生津润燥镇咳化痰外,更能调和阴阳,若能日啖一颗,上能促进国运昌盛,下可改善夫妻关系。如此种种,不一而足。总之,阿城的这手绝活让许多人慕名前来。半年后,阿城与母亲把水果档搬进一间临街店面,取名"黑人水果铺"。说是临街店面,有半截子属于违章搭建,占用了大约五平方米的人行道。阿城搬进去不久,京都市要搞一场世界大学生运动会,整治市容这事就迫在眉睫。

  阿城的母亲能理解政府。用一名城管的话来说:"不理解也得理解";用几位学者的话来说,这是生为京都人最起码的道德与义务,否则就要丧失作为一个京都人的资格;用部分群众的话来说,政府就是爹妈,作为子女,当然政府说干啥就该干啥。不体恤爹妈苦心,光顾着往自己碗里拨拉的,那叫不孝顺。
  房东却不肯理解阿城的母亲,尽管其他房东都设法给予租户一定形式的补偿。那位盘发髻的京都胖女人执意不肯退出那五平方米的收益。她拎着一个银灰色的蛇纹手袋,站在窄小逼仄的水果铺里戟指大骂。她的喉管可能与某种乐器有着差不多的构造,颇有中古雅意的京都方言从那里冒出来后,变得又急又快,跟尖锐的锥子差不多。不仅是锥子,还有破裂的冰、机床刀刃上刚刨下的螺形铁丝、卡在喉咙里的鱼刺等等。
  路人多半情不自禁地驻足围观。围观就是力量。他们情不自禁地露出笑脸。他们一致为胖女人对京都方言颇富有想象力的发挥与现代性的革新拍掌叫好,甚至有人建议大家应该立刻发起一场"替京都方言申报世界非物质文化遗产"万人签名活动,聘请胖女人当"申遗"的形象代言人。阿城的母亲都要躲进她的黑皮肤下面了。

阿城咬着唇。他都把嘴唇咬破,咬出了血,还是不能战胜心中的魔鬼。魔鬼扔出他手中握得冰凉的水果刀。刀子战胜了牛顿力学。大家明明看见刀子是朝北边的一面方镜子扔出的,可谁也不明白为什么它会在下一刻来到胖女人头顶,还割断了那个拳头大的发髻。胖女人一脸煞白,鼻孔慢慢朝上,她头一次在这个羸弱少年的眼里看见熊熊燃烧的火,同时感觉到自己额头的发丝在这种热量下正在迅速蜷曲,脸颊上却遗下那刀子一掠而过后的阵阵的凉。胖女人的眼泪都要涌出来了。在众人吃惊的目光下,她意识到这是奇耻大辱。几秒钟后,耻辱打败了她。胖女人捂着脸一声不吭地跑出水果铺,一眨眼便消失在路的尽头。

火在阿城的眸子里跳动。这让他的形象显得格外古怪而又悲伤。谁也不清楚这些火是怎么来到阿城眸子里的。他弯腰捡起滚落到地上的几个莱阳梨。梨的表面有褐色锈斑,有很粗糙的凸起颗粒。他叹口气把梨子摆回原处,就走出了水果铺。

他没有去把那把小刀从墙壁上拔下来。

他没有回头看缩在角落里的妈妈。

他没有看电线杆、众生的脸庞、麦当劳明黄色的标志、远处高高低低的屋檐、蔚蓝色接近透明的天穹、一只趴在垃圾筒上打盹的野猫。

他把手指藏进口袋。他在街道上移动着,就像一块影子,树的影子、云的影子、车的影子。

从那一天开始,阿城变了。他身边多了几个流浪少年。一个叫杨二,一个叫车三,一个叫刘四,一个叫宋五。他们用了一年半的时间便在京都闯荡出一番名气。

最广为人知的就是那场世界大学生运动会的开幕式。当2174名身穿红绿上衣、白色长裤的表演者在体育场内"叠罗汉",搭起一座"通天塔"时,人们惊恐地发现场地四周的草皮下窜出成千上万只耗子,其中有一些还背着烟花爆竹。一只老鼠被一只强大的二踢脚带至半空。"塔"迅速垮塌,在一片尖叫声中。如果说它的构建用了三十七分钟零五秒,它的分崩离析只用了不到一秒钟的时间。犹如一幢匪夷所思的大厦,刚刚成为现实,就被外星人爆破拆除,全世界都目瞪口呆。

扁脸庞的京都市市长反应机敏,他一眼就望见事情的实质,看到了这桩突发事件既是灾难,亦是机遇。通俗地讲,这是京都人民考验他们的市长是否合格的关键时刻。

这将是一个伟大的时刻。

市长在赶赴主席台前,差点在木梯上失去了重心,还好,他接近圆柱的体形迅速帮助他摆脱了尴尬。

他拿起话筒,大吼一声。

全场寂静,唯有老鼠的吱吱声。

市长又大吼了一声"同志们"。

全场掌声响起。混乱的人流在掌声中恢复了秩序，他们横排竖列，执起想象中的标枪、盾牌、重剑，口中发出呼哨声。这是曾经在地球上摧枯拉朽的罗马方阵。在这个方阵的覆盖下，连最胆怯与懦弱的人也会成为无畏的勇士。

扁脸庞知道幸运女神已经朝自己投怀送抱了，双腿中间睾丸激素急速分泌，原本隐藏在"扁"下面的五官一个个凸出，他挥舞起手，赞叹着京都人民的智慧与勇气，感慨起京都这座古城与老鼠的渊源（八十五年前，一群守城士兵就是啃着老鼠肉成功地抵御了一场残暴的外族侵略），讲到远古鸿蒙时鼠咬天开的民间传说、十二生肖之首的来历、耶路撒冷大学研究人员公布的《老鼠骨骼断层扫描图》……最后话题一转，指出在现代性的浪潮下，在一个全球视野的社会民俗学里，老鼠早已从过去人人喊打的坏蛋形象进化成一个聪慧神秘的生灵，所有的老鼠其实都是迪斯尼动画片《猫与老鼠》里的那一只，"鼠"通"福"，万鼠奔腾，实为万福奔腾。这是天人感应，天降吉兆。

扁脸庞的京都市市长抓起一只溜进他裤管的老鼠，当场宣布："自今日起，这只可爱又会卖萌的老鼠将是京都市第一千零一位荣誉市民。"

数小时后，称职的京都警察在下水道里逮住了阿城一伙。

如何惩罚他们的恶作剧引起一场广泛的争论。这里有一个悖论，市长已表态，这是"天降吉兆"，阿城一伙按理不仅无过反而有功；若真不罚反赏，京都市的未来恐怕都要陷入这种让人啼笑皆非的恶作剧中。阿城一伙在看守所被"挂"了起来。

几个月后，关于这桩事件的讨论逐渐平息，他们被送去位于郊区的少年管教所。在那个风景优美之地，他们同时得到两种截然不同的教育与改造，一种来自政府，另一种来自他们自己的交流。如果说，在进少管所之前，阿城还只是一个顽童，那两年后，从少管所出来的他具备了一个犯罪天才所必须具有的各种素质：冷静、胆大妄为、计划周密、组织能力强、行动高效、能说会道。更重要的是，他好像继承了父亲阿门尔卡神奇的法术。整整十年，没有人再亲眼看到他的踪迹，而他一手缔造的组织——创善会，以一个匪夷所思的速度在京都迅速壮大。

谁也说不清创善会是干什么的，尽管最初它只是一家小小的商贸公司。创善会的总部设在和平大道481号，是一幢灰色的占地约六百平方米的不起眼的五层建筑。市民可以随意登门拜访，只需要在保安室办一个登记手续，就算把自己的名字写成贾宝玉或孙悟空也没关系。总部前台是一个漂亮的长腿少女，她每天的工作就是对来宾鞠躬，说声"您好，请多多关照"，再继续埋头用手机阅读那些永远也看不完的网络言情小说。

她很喜欢假发套，每天的发型款式都不一样，火红、金黄、银白、纯黑。有好事者近前仔细看了，都是用真发糅制的上等货，淘宝皇冠卖家的售价通常在五六百。相对于这个城市给前台小姐提供的平均薪水，这太昂贵了。可这里是创善会，大家也就不大惊小怪了。但有一点人们还很是疑惑，就是这个长腿少女的脸型。有人说是肉嘟嘟的苹果脸，有人赌咒发誓是那是一张杨玉环式的贵妃脸，有人坚持说那分明是一粒最完美的椭圆形的瓜子。说什么的人都有，就是没有人敢挑起前台少女的下巴，用手机拍张照片，公布在网络上。

创善会每层有二十四个会议室，大小不一。京都市各行各业的人们在这里召开各种性质的会议。会议室的隔音效果很好，关上厚实的大门，就是一个不透风的密闭空间。

所有这样的空间里都有以下若干事物：

圆桌。若干把滚轮椅。数个移动麦克风。镶在墙壁中央的一副木框《创善会议事章程》。

章程共五条：

一事一议，举手发言。

所有人皆对着主持人说话，互相之间不辩论，不讨论动机。

首先表态，再说道理。言简意赅。

举手表决，过半通过。

主持人中立。

在会议室靠大门处，无一例外还有一张橡木桌子，桌上搁着一个手工编织的竹篮。在经历最初的一些风波后，大家学会了进门第一件事即是把手机关机扔入篮内。哪怕是最肆无忌惮的人进了这些挂着厚天鹅绒窗帘的房间后，也立刻会变得严肃规矩。他们在会议室里严格按照章程议事，若会议出现争执，他们可以通过主持人申请仲裁。主持人按下隐藏在桌上一块有机玻璃下的绿色按钮，《创善会议事章程》就会往一边移开，露出一块灰色屏幕。他们对着屏幕阐释自己的理由。通常是在半个小时后，他们面前会出现一张 A4 打印纸，上面有清晰的仲裁结果与创善会那个著名的灰色 LOGO。总有人不喜欢仲裁，尤其是男人们总是渴望用更简单直接的方式来解决问题，比如决斗。如果双方都同意这样做，主持人便按下绿按钮旁边的红按钮，就有一个穿黑西装的创善会会员进来，把他们护送至大楼顶端。他们会在一间小屋子里签署一系列相关文件，并从那时起至决斗日，受到创善会的严格保护。在决斗日到来之前，任何一方皆可以退出，只需要他同意对方的条件，并支付一笔相关的服务费用给创善会。决斗过程在网络上直播，遵循公开、公平、公正的原则，武器可以是匕首，也可以是枕头、西红柿。决斗方式也可以是比赛喝啤酒、吃青蛙、吐口水。

　　京都警察也在创善会大楼里开会。最早，他们想找出创善会对法律的违背处，以便名正言顺地给予取缔。他们很快发现创善会的流程设计几乎无可挑剔。所有与京都法律相冲突的行为，都必定发生在京都以外；又或者说，必定有一个与创善会在法律上没有关系的组织或个人，出面来承担责任。而京都警察自身遇到的诸多麻烦，在这幢大楼里也总是能得到更有效与快捷的解决。一些警察开始以私人名义加入创善会。这种加入几乎能带来立竿见影的好处，旋即，入其门中的警察数量以几何级数迅速暴增。

创善会每秒都在壮大，犹如树，榕树，有着铺天席地的气象；无数带黏性的种子散落于京都市各阶层，形成寄生根。初期，蚯蚓般细小；呼吸间，便有了巨蟒绞杀之势。创善会一天比一天强，但我不喜欢这样的创善会，我只喜欢那个还没有建立起创善会的阿城。阿门儿卡留下的遗腹子，我的同母异父的哥哥，我过去的梦想，我未来的形象。

第三部分

父亲的书写戛然而止。
又或者说，她能够给我看的目前就这么多。
父亲到底想说什么？
她又有什么样的目的？
为什么我从未听过一个类似创善会的组织？再猛烈暴戾的风雨在连根拔起一棵大树后，也无法除尽泥土里那不可计数的细小根须。中间究竟发生了什么？她嘴里的"我们这个组织"与父亲在文本里描述的"创善会"有着什么样隐秘的传承？为什么一个起源于反抗与嘲弄的创善会，会演变成为京都秩序的地下守护者？这不应该是一个自然而然的过程，谁推动了这种演变，为何要这样做，又从哪里获得了信念与能量？父亲肯定不是他所描述的阿城，他会是跟随阿城勠力同心的杨二、车三、刘四、宋五中的一位吗？又或者说，创善会只是父亲对他奉献了一生的"我们的组织"某种溯源性的想象?

父亲极可能继承了一种被称为隐微书写的古老的写作技艺。

这种书写有两种结构,一个是受过教育的普通人一望即知的,是字面含义;另一个是需要掌握某种密码才能解读的,是蕴藏于字里行间的意义。当然,对文本的探幽求玄往往求之越深失之越远。在所指与能指之间,在"人所能说出来的"与"那个绝对先验的存在"之间,语言并不能架起一座可以供所有人通行的桥梁,只能是在汹涌激流中的一叶竹筏。不是每张筏都能带我们安全抵达彼岸。可这又有什么关系呢?所有的阅读都是误读。一部《论语》讲的是克己复礼,也不妨碍有人从中读出"儒家宪政"。而人的历史就是在对文本的种种阐释与纷争中形成的,甚至为了佐证某种阐释的伟大、光荣、正确,人还不惜虚构历史。

这段话也是父亲写在《不列颠英汉大词典》页眉边的笔记。

我把手指下意识地放入嘴里。

她的脸在我眼前不断放大。

这个有着一双丹凤眼的女人的脸。

她的声音仿佛是来自于另一个时空。

"从父亲叫出你的编号时,我就知道我们是骨肉血亲,都是使用他的精子培育出来的试管婴儿。我们之间的唯一区别在于你有一个十月怀胎的母亲。但你念念不忘的她,是一个子宫代孕的提供者。你们之间不存在真正的血缘关系。这是我刚才让人通过网络发来的关于你与你母亲各自的 DNA 检测报告。当然，十月怀胎以及后来对你的抚养，她与你之间的感情也确实是母与子的舐犊深情。父亲可能对她产生了某种感情。如果你允许的话，我也想去她坟前燃一炷香。她是唯一一个与父亲生活过的女性。"

她递过来几张纸，是端正的宋体字。她的手掌在轻微抖动，异样地凉。

我不喜欢这种凉。

"还有这份，这是我的 DNA 检测报告。

"我们都是父亲的孩子，完成父亲的意志是烙印于基因里的密码。不容拒绝，不可改变。我们的存在不一定会让京都变得更好，至少不会让它变得更坏，使它沦落为另一个普卡。请相信父亲的智慧。我们的组织叫阿达。比阿尔达少一个字，与阿亚有着相同的韵母。"

我不明白她的意思。

我想她应该清楚。

在这些打印件里，还有一张小纸条，是她的笔迹：

为什么低智商已经成为一个全球性的景观，随处可见惊人的无知与普遍的愚蠢？是啊，因为有惊人的无耻与普遍的愚弄。但图书馆在那里啊。为什么大多数人情愿呆在电视机前娱乐至死，也不愿意去翻开书页？从德性与智性的角度来说，他们在退化，无知与愚蠢乃是他们自由意志做出的选择，不能说是一个被恶意篡改的结果。这没有什么不好。这是众生幸福，但这不是人存在的意义。

她写的字与父亲早年很像。

"有本书,我猜想你应该读过,福山著《历史终结论》。"
她不无犹豫地瞥了眼窗外。
细微的声浪在冲刷着世界。
鸟早已离开了。
世界像一个古怪的大海螺。
"附和这个声音是容易的,也会赢得掌声,但它在这个被科学进步不断重构的今天是轻率的。这意味着人的匮乏,是哲学上的人之死。人已经枯竭,日光之下无新事;这意味着宇宙不应该像它目前所呈现的这样辽阔,这种无垠性完全没有必要。或者说,人对宇宙的理解已经接近终点,那个浩瀚的星空不是给人类准备的;这意味着人类历史的进程不受人类知识增长的影响,不管物理学家们是否能找到上帝粒子,建立起统一场论;这意味着这个原则有能力解决人所有的问题,包括那些尚未发生的,且无一遗漏。这是一个在要素不完备的情况下所进行的完全归纳法。从逻辑上讲,这很荒谬。在这点上,它与许诺幸福无限量供应的乌托邦思想没有质的区别;这还意味着至少是民主与自由之间不存在着难以调和的根本冲突。但自由说到底是个体理想的量子态;民主是这些量子之间的博弈,是一个社会化的过程。"

我没打断她。

我很不喜欢这种乏味空洞的言论。

她的说服力比起父亲差太远了。

我再次注意到很多个时辰前发生的那个事实——

四周皱巴巴的,寂静压迫着耳膜。耳朵里轰隆隆地响,有一辆火车在来回跑。

不是绿皮火车,也不是方头怪脸的运煤货车,不是动车高铁,当然更不可能是克丽丝蒂笔下的那辆东方列车。总之,它让我感觉到不祥;或者说,它就是不祥,是各种各样的不祥的总和,车厢是一种,靠背座椅是一种,车轮是一种,连从火车上空飞过的这张有着一双丹凤眼的脸庞也是一种。我把手伸入耳朵,试图抓住它。我本想把它拽出来砸在地上。它立刻融化于指尖,沿着经络通向了五脏六腑,好像是一个恶作剧。

我捏捏耳垂。

"人类尚在进化时。这个智慧的地球上不应该只剩下一面旗帜,一种声音,一个政体。不管它看上去有多好,它都需要对立面,就像我们不知道痛苦就无法给出幸福的边界。系统的多样性保证系统的稳定性。也唯有此,图书馆才有存在的必要性。

"这是京都政府存在的根源。它是罪恶的,同样是生机勃勃的。因为对绝望与不幸的保留,人才可能拥有警惕的嗅觉和敏捷的身手,不至于沦为被豢养的群畜;一旦人类面临整体性的灾难,比如外星人的飞船明天清晨出现在家门口外,我们还有能力做出反应。

"从人作为一个物种的角度来看,民主与专制都是人作为一种总的集合在面对着智慧地球时的选择,是为了应付自身及世界的变化所采取的策略,是对资源的分配及更多的获得。某时间段的最优,并不意味着一直最优。匮乏时代,专制对资源的集中与相对高效,吻合人类作为一个物种的利益最大化。人类正在进化时,现在已经步入一个相对有余的时代。若某日,科技不能再带来足够增长,人类再次陷入极端匮乏,怎么办?

"京都政府是一个被精心设计的结果。准确地说,它是阿达的投影。就像上帝在矩阵之外,还设计了一个锡安……"

我打断了她的话。

"父亲为什么要这样做?"

"一个系统设计得再精密,在光阴的河流里,迟早要出现种种污损、偏差,产生大量冗余信息。戾气的积累不可避免,要在它爆发前,先一点点释放它。只有这样才能保证系统不突然崩溃瘫坏。要能不断地给予民众希望,让更多人获得爱与幸福感,避免大面积的流血,这是使命,是我们的光荣,是我们牺牲的根本意义。"

她说的是真话吗?

她说的我能理解。

但凭什么京都市民不能与京都政府以外的人们拥有一样的

生活?

锡安,这个源自《圣经》的词语,从她嘴里说出来可真是颇有讥讽之意。

大脑出现短时间的麻痹。

我嗅到脑子里电路板烧坏时特有的焦糊味。

"凭什么京都市民不能与京都政府以外的人们拥有一样的生活?"

仅凭这句话,我就可以把自己送入监狱。

我为什么会这样想?

她的嘴角挂着意味深长的笑容。

这个是我看不懂的。

假若这不是一场噩梦与玩笑,那么我便不能讥诮父亲的道德就不是道德,父亲的信仰就不是信仰。我在反感什么?

厌恶他此刻强加于我身上的吗?但他所强加于我的,不正是我自认为能独立思考以来立誓要拼死捍卫的吗?是讨厌"19678701"这个编码?世界是一个数,这是对秩序最简洁的呈现,是万物的构造、细节、质地与瞬间;是真理最初的样子与最终的容颜。我有什么资格去讨厌,又有什么理由来拒绝?我是渴望选择吗?选择是有对与错的。一个普通人可以用自己一生的悲伤为某次错误选择做出承担。一旦所要选择的命题溢出私域,一个人的悲伤又何足挂齿?总体利益与公共福祉高于一切。事实上,社会精英总比普通公众更能意识到什么叫做

"总体利益与公共福祉"——哪怕他们在这块蛋糕中不忘替自己多切一点——一头狮子总比一百头羊在战场上更有用。

为什么父亲要选择在这个时候结束他对这种权力的掌握？

我能理解他为什么要用这种方式来结束，就如她所言，那只是一场演出。

是对自由的渴望吗？如果一个人对自由不能给出一个相对清晰的边界，那么他对"自由"的梦想，随着他握有权力的不断加大，会成为众生的梦魇。父亲的告别，难道是因为他意识到，他握有的权力太大，已近失控的边缘？还是已过天命之年的他否定了昔日的认知，对自由重新给出了一个新的边界？

究竟有一个什么样的魂灵隐藏在"父亲"这个坚硬的外壳里？我现在又有拒绝这个"19678701"编码的勇气吗……短短数分钟，脑海里已经出现了十五个问号。

"王小兰会怎样？"我想起那个眉心有痣的女人。我知道我的第十六个问题是多余的，可有什么东西在胃部重重一击。

"她会被判刑，因为执法犯法，罪加一等。她将入狱十五年。这是牺牲。"

她沉吟道："对父亲的真实身份毫不知情。她或许是爱了，纯粹的男女之爱，肉体之爱。从技术上来讲，只需要一管多巴胺受体激动药剂与适当的催眠技巧，就能唤醒这种情感，或者幻觉。药剂与催眠的作用毕竟有限，要顺势而为，这应该是父亲选择王小兰而非其他女警察的原因。我猜想是这样的。我只能是这样猜想。

"我略有些好奇,当药剂与催眠的作用消失后,王小兰的内心为什么仍然会保持这种坚贞的爱?我想只能是这种难以理解的情感(信念?),帮助她熬过了审讯中的非人折磨。

"如果,我说的是如果,如果十五年后真相被公布……这是不可能发生的事。我是说如果,出狱后的王小兰会选择拒绝这个真相,还是相信?如果相信,她是否会崩溃,又将如何审视那个把她推入深渊的字眼?如果她拒绝,她会觉得自己因为这个字眼没有虚度一生吗?当然,这些并不重要,至少她的爱会被人们传唱,以为传奇。"

我认识这个几个时辰前是我朋友,现在声称是我骨肉同胞的女人整整七年。我从来没见过她有过这样的困惑。我能相信她的话吗?文件皆可伪造,所有的事实都一定会得到某种程度的篡改。但她的困惑让我心生恐惧。她说的极可能接近那个只有上帝才能窥见的事实本身,而不是那个被众生篡改了的事实。

父亲的离开给京都市带来什么,又带走了什么?

不知从什么时候起,屋外只剩下一片寂静,没有鸟、跳动的火光与巨大的喧嚣。世界好像消失了。只是黑,一种质地坚硬的存在。我看了一眼手机。她也看了一眼手机。我没起身。她抓起手机,匆匆浏览几眼,把手机扔回桌上。

"他已乘烟火去了。"

她说完这句话,抬头去看屋顶那盏水晶吊灯。

光在屋子里荡漾,柔和纯净。如果说这百余平方米大的房间是一艘漂流在虚空中的飞船;我与她,就像这个世界上最后两名幸存者。这只是一个拙劣的比喻。要不了多久,明天必然降临,在把今日此刻扔入遥远虚空的同时,绽放出万千鲜花、藤蔓与青枝。

这就是历史与现实。

人有生老病死,物有存住坏空。

我侧望着她的脸庞,想起了母亲。

借助于那本《不列颠英汉大词典》,父亲曾翻译出一本至今被京都市新闻检察署列为禁书的书,一个名叫柏拉图的人撰写的《理想国》。这本书并不优美的译笔引起母亲的讥嘲。那是我第一次听见母亲对父亲的异议。那是春天的下午,栀子花开出一树树细密雪白。母亲一边坐在沙发上给我织毛衣,一边开着电话免提与人说话。隔着门缝,我能看见母亲下颔处的"柔滑光洁"。她在与我只在暗夜里见过几次背影的"父亲"说话。她谈到父亲译的那本《理想国》时吃吃地笑,嘴角弯弯地翘。阳光跳进屋,我亲眼看见了关于"跳"这个动作的一切。前一秒钟的阴暗匮乏处,瞬间就丰饶起来,充满晃动着的金黄灿烂的能量。父亲回答了一句话,我还记得——

经典需要不断重译,因为人类尚在进化时。人类文明史犹如船,在波涛汹涌的被伸手不见五指的黑夜覆盖了的大海上。人所能做的,某种意义上,只能是努力让船不沉没,用各自的智慧与傲慢。作为经典，那些人类文明最光辉灿烂的文本，只有被不断重译，才有可能照亮船，让那些正在与风浪搏击之人获得勇气与祷告。

鼻子有些酸楚。一些苦涩的液体在眼眶深处涌动，慢慢地，它们沉了下去，悄无声息，像一些鱼沉入黑暗的深渊。

我把粉白色的"梦娜"扔入嘴里。

父亲你好。你是我过去的梦想，我未来的形象。

黄孝阳，1974年生。江西抚州人。文学创作一级、副编审、中国作协会员、南京审计学院客座教授、南京师范大学硕士生导师。现供职于南京某出版社。

著有《人间值得》《众生：迷宫》《众生：设计师》《旅人书》《乱世》《人间世》等多部长篇小说，小说集《是谁杀死了我》《我永远忘不掉这个夜晚》《说说爱情吧》，文学理论集《这人眼所望处》等。曾获紫金山文学奖、《钟山》文学奖、金陵文学奖等，以及"中国好编辑""中国书业十佳策划人"等称号。

你进化得太快了

阿 丁

1

前面已没了路，司机摸了一支烟点上，趴在方向盘上说，只能把你们搁这儿了。

李格林摇下车窗，苏珊也把脑袋凑过来往外看。苏珊头上的薰衣草味飘过来，李格林又把头往外多探了探。

窗外是广袤森林。

李格林推门下车，脚下棕红色的土地松软，浩瀚的草木香气直往脑子里钻。李格林闭上眼深吸一口气，很久才慢慢吐出，像个憋了一百年的烟鬼。他扭头跟苏珊说，下来吧宝贝儿，我们到了。

苏珊下了车，打开包掏钱，小指劈裂的指甲勾住了手机吊坠，带了出来，她伸手抓但没抓住，反而像打排球一样把手机拍出去老远。苏珊跑几步捡起来。钢蓝色的手机外壳上沾了一小块赭红色的泥。她一手捏着钱包和手机,粉嘟嘟的 Hello Kitty 晃呀晃的,好像正在急于否定什么。她弯起小指从裤兜里钩出一片纸巾,擦手机上的泥。

这时李格林从戛然而止的路基上跳下,苏珊瞭了一眼,见李格林肩向后仰张开双臂向森林走去。

李格林抱住森林的第一棵树,把脸贴在皴裂的树皮上。巨大的树冠微微抖动,几只不知名的鸟扑啦啦升空,发出暗哑的叫声。远处,有它们的同类回应。

苏珊付了钱,司机把拉杆箱拎下来交给苏珊,说,姑娘,这片森林可大了去了,没边没沿的,豺狼虎豹倒不见得有,可迷了路也不是好玩的,你可想好喽,现在后悔还来得及,我这就把你们拉回去。

谢谢您了师傅。苏珊说,不过我们不回去,那就没意义了。

司机干笑了两声,说,真搞不懂你们年轻人,啥叫意义啊,照我说老婆孩子热炕头就是意义。

苏珊把拉杆拉出来拖着走,眉毛下弯嘴角上翘,冲司机甩过一朵笑,说,这事儿吧,跟您说也说不清楚。

这上头有我电话,司机咂了咂嘴摇了摇头,从上衣里摸出一张卡片,说:要遇上麻烦就给我打电话,我来接你——你们。不过丑话说头里,得收往返的钱。

瞅见那山了吗?司机指了指远处几座绵延的山包,你们爬上山顶打电话,就有信号了。

苏珊道了谢,把卡片插在钱包的夹层。司机关上后备厢和车门,刚要上车,又踅回来说,姑娘,我怎么觉得你男朋友……有点儿……有点儿不怎么正常……

大爷,苏珊撇了撇嘴,瞧您这话说的,怎么就不正常了,他可是个天才,只有没眼力的人才觉着天才不正常。

得,算我没说,司机皱巴巴老脸上表情胶住,只有嘴还能动,狠嘬了一口,把烟屁股扔在地上,脚尖踩了几踩。

司机发动车,看了眼倒车镜里的苏珊,胳膊伸出窗外摆了摆,走啦,祝你们好运吧!

别走!嘿,师傅先别走——

司机没熄火,拉手刹下车,就见李格林手脚并用地爬上路基,左臂抱着一大团衣服,整个人光溜溜的,身上最后挂着的一丝,是脖子上一条骷髅头项链。李格林白生生的屁股正自路基上升起,杆状物钟摆似的晃至近前。司机倒退两步,你……你这是?

这些都送您了师傅,甭客气,李格林把一抱衣服塞到司机怀里,说,裤兜里有手机手表,您记着掏出来。

司机抱着衣服发傻,嘴巴半张,想说什么却说不出来。李格林转身,手向脑后一挥,说,都归您了。说完明晃晃地走到苏珊面前,拍了拍苏珊被牛仔裤包得紧绷绷的屁股,问,钱给了吗?

苏珊的表情跟司机一样,只是好看了许多,两瓣小红唇组成了惊诧的字母"O",被拍了两下屁股才醒过味儿来,她看着男友，李格林微张双臂，两手放在臀部，跟抄在裤兜里那么自然。他指指苏珊手里的拉杆箱，又往司机的方向甩了两甩，意思很清楚，他是让苏珊把行李给司机。

衣服……不要了？苏珊问。

不要了。

水呢？吃的呢？

都不要了。还有钱和咱们的行李，统统给师傅。李格林见苏珊手上的 Hello Kitty 摇摇摆摆，就说，还有手机，都给他。

苏珊沉默着把双肩包放在司机怀里李格林的衣服之上，司机的下巴鼻子都被挡住，只露出两只疑惑的大眼。苏珊想把手机放上去，对她来说有点儿高，她捏着手机上下左右地看，最后把手机斜着塞进司机的裤兜里。

李格林两臂相交抱着肩膀，眼望远处绵延的山包。一阵来自森林的风经过，李格林身上所有的毛发微微飘动。

苏珊扭头看李格林。还有衣服。李格林说。

苏珊低下头，然后转身背对司机，两手交叉，捏着T恤的边，两臂上扬，自头顶脱下，露出后背和攀附在后背的罩杯带子以及银色搭扣，一对乳房跳脱而出。

这时司机把那衣服行李扔到副驾驶座上，以猴子的速度跳上车猛踩一脚油门，车屁股喷出一股黑烟，颠簸着消失了。

苏珊脱了牛仔裤，只剩下乳罩和内裤，还有一双驼色高腰登山鞋，她瞅了瞅李格林，见他没反应，蹲下身子脱鞋。李格林走到苏珊身后，伸出两个手指打开罩杯搭扣，两根带子蛇头一样迅速回缩。苏珊在胸前接住,攥在手里,另一只手绕到臀沟,褪去内裤,露出两瓣皎洁的臀。

苏珊扭过身,一双美目里闪着泪光,她寻找李格林的眼,却模模糊糊地看到:李格林跪在地上撅着屁股,坐骨上两块黑乎乎的皮肤如同两只空洞的眼睛。

你干吗呢?苏珊揉了揉眼睛问。

再闻闻尘世的味道。李格林说。

苏珊绕到他身前,见李格林的鼻子在消散的尾气中狗似的一耸、一耸。

两个赤条条的人向森林深处进发。连绵的树冠遮蔽了阳光,光线渐渐暗下来。李格林几乎是跳跃着走,雪白的臀在晦暗的林中熠熠放光。苏珊紧紧跟着,她握住李格林胳膊的手一次次脱落。她低着头注意着脚下,陈腐的落叶踏上去,像踩进冰凉的烂泥,间或有枯枝刺痛苏珊的脚板。

苏珊说你等等我,我有点头晕。

李格林在距离苏珊七八步远的地方停下来,说,过一会儿就好了,一开始我也头晕。你是被这森林的味道弄晕的,这味儿里有腐叶的腥味松脂的香味青草的甜味还有菌类的药味,这些味道都是无害的,这是自然的味道。

李格林搂住苏珊的脖子,头极力后仰,像我这样,深呼吸,李格林闭上眼,说,把你肺叶里所有的尘世味道都吐出来,然后深深地、深深地吸上一大口——

你从现代工业的味道中摆脱出来了，孩子，即使你头晕也是幸福的眩晕，你好好闻闻它们吧，让它们在你的气管里穿行，让它们在你的肺里穿行，让它们在你的血管里穿行，让它们在你的灵魂里穿行。李格林说。

李格林睁开眼，双手拍着两肋，笑着说，来吧，清洗一下你的抽油烟机。

苏珊学着李格林的姿势，挺胸扬首，黑亮的瀑布垂下，她闭上眼，深吸一口气然后缓慢吐出，两乳峰峦迭起。有一线阳光停留在她的脸上，扫过她微颤的睫毛和小巧的红唇，扫过她的莲藕臂膀和杨柳腰肢——美得像一幅油画，这油画就挂在李格林的脑幕里。

李格林眼睛有点儿湿，他说，太美了，简直美极了。

李格林从苏珊身后抱住她，把头埋在散发着工业香味的瀑布里，随即抬起头皱了皱眉，说，等找到泉水，你就把头给洗喽。

苏珊依然闭着双目，吞吐着森林的气息。李格林的双手在她的腹部和乳房间游移。苏珊的脊梁与李格林紧贴，这让她感到温暖。暖流循脊椎上行，注入皮层和脑室，扇面似的溢开，有两股流进眼球后，出来时，就成了泪。

苏珊的臀也渐渐暖了，李格林的尘根滚烫，在苏珊的小圆臀上冲撞。

李格林突然放开苏珊，跑到一处开阔地，手脚并用拓出一片疆土，又搜寻了几抱落叶撒上。李格林两手叉腰双腿分开，小腹上汗珠细密，尘根鲜衣怒马。

来吧孩子,李格林左手抚胸,右手下摆,右腿后撤一步,翩翩地弯下腰,说,来一场酣畅淋漓的野合吧,以此来纪念这划时代的一刻。

苏珊破涕为笑,两臂小鸟似的微张,两只手小指跷起,拎着并不存在的裙裾微微下蹲,像高贵的公主那样走向赤身裸体的王子。

2

李格林搭了个树屋。为建造这栖身之地,李格林赶走了两只松鼠和一窝布谷。六只天蓝色鸟蛋将成为李格林和苏珊的晚餐。

援树而下时,李格林被树枝划伤了胸腹,大腿内侧也被嶙峋的树干蹭出一片血沙。树下的苏珊见了,惊呼起来,光着屁股转圈,创可贴呢创可贴呢?当她突然想起这里不会有什么创可贴的时候,就靠在树上一声不吭了。

你看,李格林说,你还没忘记那个世界的东西,你的思维还没有为这种最最纯粹的生活做好准备。当初我不同意你跟着我,可你非要跟着我。我拗不过你,我说好吧好吧,可你既然做了决定你就要自己承担后果。现在我只不过是身上多了几道口子,流了几滴血你就这样了,那晚上呢,晚上你怎么办?森林的黑夜有风吹动树叶的巨大声响,有夜行动物穿过腐叶的窸窣声,有让你毛骨悚然的枭啼,还有野猪的呼噜、狐狸的梦呓,甚至狼的嚎叫,以及一些不知是什么生物发出的声响。真不是吓你,在这片像海洋一样浩瀚的森林里,你还会听到某些生物的亡灵的嘶喊。这还不算,你的皮肤还得忍受虫蚁的叮咬,你是不是还要想到花露水那样的东西?我们的床是粗粝的枝条拼成的,你跟我躺在这样的床上,是不是马上就会怀念柔软的席梦思床垫和纯棉的被褥?好吧,哪怕最小的小事你可能也无法忍受,你没办法刷牙没办法洗脸,在我们找到水源之前,叶片上的每一滴露水都只有一个用途,解渴,至于洗脸和洗澡那种多余的事儿你想都别想,可你觉得自己脏了的时候,是不是就立刻想起牙膏浴盆温水和一瓶保湿洗面奶甚至一支晚霜?

要不你回去吧,李格林说,现在还来得及。

苏珊淅淅沥沥地哭,不停地摇着头。黑瀑垂下,瀑布的流淌杂乱无章。

李格林抚摸着苏珊的头,把她搂在怀里,继续说——

你说了,你确实说了,你说我怎样你都跟着我。其实我又相信又怀疑。我相信,你是我唯一的追随者,而这个世界上的其他人都视我为疯子,一个精神病。你的确不这么看我,可我还是怀疑你在自然之前的坚持,你和我不同,我的脑子已经顺应了自然,甚至可以说,我的脑组织我的脑神经都不再是人类的脑组织脑神经,而是一棵随风摆动的树,有风吹过的时候就顺势而动,当风停止也随之静止。没错,现在我流血了,我仍然有痛觉,但这已经不是人类的痛觉,而是植物的痛觉、动物的痛觉，你见过一株被砍伐被割断的植物喊疼吗？你见过一只断了腿的狼哭哭啼啼吗？没有。它们只是适应，适应一切自然发动的兵燹，在漫长得让人绝望的逆来顺受中无声无息地调养，无声无息地进化。别以为这进化是想战胜什么，不是，进化是为了更好地适应，这大概就是物和人最不同的地方，物没有争斗之心。

好吧，我听听你的反驳，你说野兽之间从没停止过争斗，呵呵，争斗，那是你们人类的叫法。鳄鱼、狮子和豺狼虎豹的世界，确实每天都发生着你所谓的争斗，可你忽略了一点，这些生物之间的争斗实质上是出自本能，因为饥饿才去猎食，因为传宗接代才去为一次交媾撕咬得遍体鳞伤，它们不知道什么叫基因，但它们会在无意识状态下遴选最优秀的基因，它们不知道什么叫种群，但它们会用尖牙利爪维护种群的传承，它们更不懂什么叫纲什么叫属什么叫门什么叫目，但它们凭借气味就可以分辨出同类和异类。因为无意识，它们排除异己的方式都那么光明正大，年迈的公狮被年轻的公狮干掉或驱逐，你们会认为残酷，但这恰恰是自然的法则。可你们呢？你们发明了法律发明了礼教发明了种种繁文缛节，可你们的生活依然芜杂凌乱，你们用自己发明的法则捆绑自己，反过来你们还维护捆绑你们的绳子，这个世界上，我再也没见过比你们人类更可笑的生物了。就这样你们还敢宣称自己是高等生物，你们还敢说直立行走是非智能生物迈向智能生物的伟大标志？笑话，真他妈是个笑话。你们藐视自然，你们砍伐林木，你们更改河道，你们用大坝让洄游的鱼断子绝孙,你们用水泥一样的脑袋铺设水泥的道路,覆盖小草的生长,填充昆虫的洞穴,你们让除你们之外其他所有的生物绝望,总有一天,最终绝望的一定是你自己。

你们……苏珊说,不是我,至少……不是我自己。

苏珊抬起头,眼里竟有笑意,她说,那么,按照你的自然法则,现在你流血了,作为一头母兽,我该怎么办呢?

舔。李格林说,用你的舌头为我舔舐伤口。同类的唾液是最有效的疗伤之药。

森林里的第一个夜晚。有风吹动树叶的巨大响声,有夜行动物穿过腐叶的窸窣声,有令人毛骨悚然的枭啼,还有野猪的呼噜、狐狸的梦呓、狼的嚎叫,以及一些不知是什么生物发出的声响。

在支离破碎的梦中,苏珊还听到某些生物的亡灵的嘶喊。

李格林说的对,她还要忍受虫蚁的叮咬,忍受粗粝树枝拼成的床板的摩擦,还有李格林没提到的,坠下树摔个半死的危险。

森林的清晨是一天中最美的时刻,空气清新得过分,苏珊想,如果能使空气凝固,可以做成好多好多香草味的透明果冻。鸟类在森林中穿梭鸣啭,声音清丽出尘,好像鸣叫前用最清洌的泉水漱过口清洗过喉咙。晨雾在林间摇曳迤逦,远处的树木如在虚空里漂浮。所有的叶片都翠绿欲滴,似乎有人在夜间清洗了整片森林。在鸟雀啼啭的间隙，森林里变得安静无匹，苏珊甚至能听到昆虫啃噬树叶和叶脉砉然断裂的声响。

苏珊享受着森林清晨的美好，李格林还在熟睡。他的睡姿仍然是人类的睡姿，一只手枕在头下，另一只手原本搭在苏珊的肚子上，现在苏珊轻轻把它挪开。李格林两腿分得很开，昨天的纪念工具缩得很小，幼雀般熟睡。

苏珊肚子里的生鸟蛋还没有完全消化，她一坐起来甚至还打了个饱嗝，但随即她就再一次头晕目眩，她知道这是醉氧的征兆——森林中的氧气太充足了，每一棵树都是一只巨大的氧气罐。

氧气罐，这个闯入脑袋的文明世界的东西让苏珊想起了她的职业。随后她差点喊出声，她压回已到嗓子眼的叫喊，转而轻轻呻吟，一只手绕到屁股上，用指腹轻轻触碰，嘴里嘶嘶作响。昨天晚上她真的掉了下去，她还在空中的时候就已经醒了，她还在空中的时候树下有一只夤夜出行的刺猬经过，她的屁股落在了刺猬身上，于是刺猬被压成了肉饼，苏珊柔嫩的屁股也付出了一些孔洞和鲜血。

苏珊把舌尖伸向一片树叶，那可是一大滴露水，然后是又一片又一片。她摘下几片潮湿的树叶擦了擦脸，脸上就蹭上了叶片绿色的血，她又想起镜子，便暗自骂了自己一句。

镜子还有什么用呢？镜子已经没用了。苏珊叹了口气。

她轻手轻脚地爬下树，一只手托着双乳，避免被锋利的枝丫划到。她还没有李格林植物的思维和神经，她怕疼，也怕被李格林的舌头舔啊舔的时候自己忍不住痒笑起来。她提着脚尖试探着，选了一堆柔软的腐叶踏上去，再抬起来，脚上沾着不知是什么动物的粪便，不怎么臭，却黏稠得让苏珊一阵阵干呕。苏珊皱着眉，捡了一片干燥的树叶擦脚板上的粪便。

要是有温水和香皂就好了，她想。可她马上捂住嘴，她怕心里的话会脱离控制从嘴里跳出来。要遵循自然的法则，她告诉自己，郑重地。

用了七片叶子才擦净了脚上的附着物，苏珊感到了饥饿。也许这附近会有熟透了落下来的野果。苏珊扬起头看了看他们没有顶棚的树屋，李格林打着轻微的呼噜。苏珊怕迷路不敢走远，她想围着最近的几棵树转转，看有没有野果。

当她低下头寻找野果时，发现了那只刺猬。于是她总算把自己的屁股和这扁平的带刺肉团联系在一起。苏珊蹲下身，用食指和拇指把刺猬拎起来，她忘了屁股上火辣辣的疼，笑了出来——第一只猎物是被她打到的，武器是屁股。

苏珊端详着这只死态安详的小兽，再也压不住笑，似乎有了资本，就任自己的笑在清晨阒静的森林中回荡开来。

3

李格林在他们居住的树下撒了一泡热气腾腾的尿。等抖落干净，他跪在地上，鼻尖几乎触到那一汪水面，使劲嗅，好像要把尿吸进去。苏珊提着那只扁平刺猬问，亲爱的你干吗呢？

动物们都会在属于自己的领地上留下自己的气味，李格林说，这样其他动物就不会入侵咱们的地盘了。李格林手一撑爬起，说，还行，够味儿，不但可以让别的动物退避三舍，我还能凭着对气味的记忆找到咱们的家。你再不用担心迷路了。

苏珊将信将疑，可她没敢说什么，反而升起一个自己觉得特别可爱特别好玩的念头。她跟李格林说，太棒了，真神奇，我们肯定不会迷路的。

她搂住李格林亲了一口，然后蹲在地上，说，我也尿，这样要是你找不到我还能找到家呢！

别！李格林大喊，他抓住苏珊的胳膊，把她斜向拽倒在地。他用的劲很大，如果劲再大一倍，苏珊觉着李格林会把她像扔一个链球那样扔出去。那时候苏珊已经尿了出来，她的骤然倒下害得她把尿尿在了自己的大腿上。她挂着一条胳膊狼狈地趴在地上，她身体着地的一面满是尿水，于是眼泪又涌了出来。

不过她最恨自己不争气的不是眼泪，是此时胯下有热腾腾的尿源源不断地流出。

李格林把身体弯成一个小写的"n"，端详着自己那汪尿，幸亏没混一块儿，他说，混一块儿可就麻烦大了。

孩子，好孩子，李格林把手插到苏珊腋下，把她架起，温柔地说，千万别给我添乱行吗？自然世界是雄性主导的世界，雌性动物不必尽保护领地的义务，现在我们他妈的还没进化到母系氏族社会。

不哭了，孩子，李格林把苏珊抱在怀里，抚摸着苏珊布满红色斑点的后背说，现在你坐在这儿等我，我去生一堆火，把我们的猎物烤熟。等着享受美食吧！

按照自然法则，苏珊抹了把泪，说，你应该生着吃。

李格林扭过头，用某种怪异的低温的眼神盯着他脚下的女人，然后说——

如果你可以，我不介意生着吃。

李格林还是把刺猬烤熟了。火种取自燧人氏的经验。他找了一根坚硬的干枝和一段干燥的朽木。李格林反反复复花了几个小时的时间点燃了朽木。

苏珊想，按照自然法则，应该等天火的。但她不想再说什么了，她想起了还未找到的野果，于是起身在临近的几棵树下寻找。

烧烤刺猬的方式和叫花鸡的做法一致，李格林把刺猬用泥封住，把泥球草率地扔进火堆，并不时用树枝拨拉着，以物理学的常识让泥球均匀受热。苏珊捡了几个香气四溢的野果，有一个熟得太透，居然散发出一股酒香。她捧着，小跑着过来，想把果子塞到刺猬的肚子里，那样一定味道更鲜美，可随即想到，他们没有刀。刀是文明，不，野蛮世界的东西。

剥去干燥结块的泥，刺猬的一身皮毛也随之脱落，露出粉嫩的肉。这小兽的肉本身就有种果子的甜香，苏珊吃了小半只，如果有盐撒上，我还可以吃得更多。她想。

其余的都让李格林吃了，他连内脏都吃了个干净。苏珊看李格林把刺猬的肠子也吞了下去,那东西鼓胀着,里面还有未排空的粪便。苏珊抓了块包刺猬的泥块,转身跑到一边,她怕自己当着李格林的面吐出来。

那泥块还有余温,苏珊托在手心里端详。泥块成凹形、黑红色,内面有刺猬毛的清晰印痕,还有一小坨刺猬的油脂。苏珊轻轻捏起那团油脂,手绕到后面,涂在布满斑点的红肿臀部。之后苏珊握住泥块使劲掰,掰不动,这森林中的泥土有黏性,以后说不定要烧一些陶杯陶碗什么的。苏珊想。正想着,李格林满嘴油光光地站在她面前,拉起她的手,说——

走吧走吧,咱们找水源去。

还不到黄昏,森林里就已经暗下来,被树冠分割成无数个象限的天空却还亮得刺眼。

当苏珊抬起头,在她眼里天空就像星空一样绚美。当她低下头,爬满藤蔓的林中小径,像沙漠一样令人绝望。苏珊的皮肤被藤蔓上锯齿状的叶片划了许多细细的血痕,李格林身上也是。汗一出来,苏珊疼得直吸冷气。李格林却悄无声息。

他在前面开路,他结实的臀部肌肉活力十足地扭动,已被枝叶阻拦得疲惫不堪的光线附着在他的脊背和臀部,宛如豹子的斑。随着步幅的渐趋恒定,他的颈部一探一探的,这给苏珊造成一种错觉,走在她前面的,似乎是一头机警的猫科动物。

路上,李格林踩到一团软乎乎的东西,差点把脚崴了。俯身一看,是一只被藤缠住的浅黄色野兔。这畜生想必付出了一番努力,却由于脑子不好使,只往一个方向钻,结果被藤萝一道一道缠了个结实。在苏珊看来，这兔子是个被五花大绑的小人物，血红的眼里悲伤流溢，心就颤了几颤。

李格林提着兔子耳朵美得直笑，笑声分成两个接续的音节，隔上几拍就重复一次。这回我们的晚餐有着落了，他说。说完举起开路的木棍就要送晚餐上西天。

苏珊伸手抓住木棍，鸡啄米似的在李格林嘴唇上亲了一口，说，先别，等咱们停下来吃晚饭的时候再……那样肉才新鲜。

好吧，李格林说，不过可别让它跑了。他扯了根藤把兔子又重新捆上，拿牙把藤咬断，"呸"，吐了一口，好苦！他说。

李格林把兔子夹在腋下继续前行，兔子的后腿一蹬又一蹬，苏珊的心一颤又一颤。

越往森林深处走越潮湿，树的形态也越怪异。悬在半空的气根酷似美杜莎的蛇发，扫在脸上，苏珊就心惊肉跳。当一条气根扫过她的头时，苏珊伸手拨拉，那气根竟然蜷曲起来，向她伸出分叉的血红蛇芯，苏珊登时就瘫倒在地。

醒来时，那条蛇已盘在李格林的脖子上，蛇头自他肩胛垂下，已然死了。李格林一脸得意，醒了？他说，别害怕，它已经死了，等找到水，我们就可以煮蛇肉羹吃了。

走着走着，光线渐渐恢复了力量，一泓水潭镜子一样出现在他们眼前。于是一切都成了好兆头，刺猬、兔子，还有那条把苏珊吓个半死的蛇。

有几头麋鹿似的动物正在饮水，同饮的，还有七八只羽毛鲜艳拖着长翎的雉鸡。苏珊目测了一下，这一方水面大约有不到五百个平方,她抬起头,看到了一片还算完整的天。天色已经彻底暗了下来,云团在天际翻滚,弦月若隐若现。

苏珊跑到水边,那几头麋鹿似的动物惊走,迅疾钻入丛林,雉鸡也扑啦啦渐次飞上就近的树梢隐去踪迹。李格林捧着水喝,苏珊递过一个东西给他——一个不规则的容器,盛着水。

这是什么?李格林接过来端着,上下打量。

苏珊眨着眼调皮地笑,这是你烧的陶碗。她说。

鹿跑了鸟飞了,现在水平如镜。既然水平如镜,苏珊就有了镜子。她蹲在水边望着镜子里的自己。水里分明是个怪物,苏珊"啊"了一声坐了个屁股蹲儿,镜子里的自己头发纠结成绺,脸上大片青绿,额头上拱出几个红紫大包,鼻尖上还有抓痕,那是森林里凶猛蚊虫遗下的作案证据。

苏珊叹了口气,掬水洗脸涤发。水浇在头上脸上,透骨地清凉,苏珊体内却燥热欲爆,她索性跳到水里洗起了身子。

李格林把那残缺的陶片里外研究了个透,起身弯腰,像打水漂那样,把陶片平斜着扔出,陶片"噗"地入水再没露头。李格林有些失望地晃了晃脑袋,两膝一弯跪在水里,两手撑着,臀部高耸,像骡马那样咕嘟咕嘟地喝水。

你怎么扔了?苏珊站在齐腰深的水中,此时燥热略减,那个消失的陶片又令她体内升起一股无名的热。

李格林不答,也许是没听见,仍然骡马似的饮水。等喝够了,他直起身子,打量着水中的苏珊。你不该洗它,我觉得你刚才的样子才好看。他说。

你怎么扔了？我问你话呢。苏珊一只手搓着左乳，眼睛盯着李格林。

你刚才的脸有种原始之美，李格林说，你不觉得吗？真的，激起雄性欲望的那种美，可现在，我和你交媾的欲望一点都没了。

你为什么扔了那个杯子？苏珊问。

你进化得太快了。李格林说。

苏珊发了片刻的呆，蓦地把头扎入水中，半天不出来。李格林不动声色地看着那方水面。大约半分多钟，有水泡接连冒出，苏珊跳起来，把一头黑瀑长发猛地甩向身后，一排水珠在空中闪烁，圆润晶莹，飞至高处，被霞光逮个正着，瞬间镀金光于珠上，夺目地美。

李格林的笑从皮肤下渗出来，左臂横在胸前撑起右肘，托着腮，木然地，望着苏珊剧烈起伏的胸。须臾，他把目光上移，与苏珊的目光对接。他感觉到了，她的眼神里有焊枪的热量。

李格林不躲不闪，笑在脸上积聚积聚积聚，终于在脸上炸开。

苏珊捂住耳朵，那笑却像冰凉黏滑的鳝一样钻入。她感到浑身发冷，就把身子没入水中，水里暖和，还能隔离那笑声。

李格林剧烈地咳嗽起来，笑就止住了，他又弯下腰喝了口水，然后蹚下水走到苏珊跟前，像抱婴儿那样抱起苏珊，回到岸边。他把她平放在岸上，苏珊闭着眼，两手放在小腹上，抖成一团。李格林挖了一大块褐色的塘泥，甩在苏珊的肚皮上，然后以脐为圆心向四周涂抹。

苏珊一动不动，双眼望着天空，有归巢的飞鸟和悠闲的流云。

现在，苏珊的胸、腹、脸上都已涂抹均匀，李格林正微笑着欣赏他的作品。

李格林把苏珊拉起来，吻了吻苏珊没有涂泥的唇，他伸手指着对岸，说，看，你现在像她一样美了。

苏珊顺着他的手指向对岸望去——这一天最后的阳光赐予了这个生物，它正从水里向岸上爬去，挑衅似的撅起一轮火红的屁股。它上了岸，转身坐下，伸出舌头舔着在霞光笼罩下金光闪闪的毛发，目光则投向了对岸的苏珊。随后，它就扭身钻入了丛林。

那是只狒狒，或者猩猩。

4

当晚，他们在水边驻扎。搭树屋是来不及了，李格林和苏珊找了些干燥的树叶铺在一棵橡树下，然后他又找来干燥的树干残肢钻木取火，费了半天劲才把火点燃，这时苏珊已经躺在"床"上睡着了，肚子上盖着几张肥大的树叶。李格林把那条蛇烤熟，叫醒苏珊。

在　未　来

两个人围着火堆吃完了蛇肉，整个就餐过程苏珊沉默不语，吃完了，苏珊回到"床"上躺下，背对着篝火旁的李格林。许久，当筋骨酸痛的疲惫压制住脑袋里凌乱的思绪，就快入睡时，一种低沉的叫声传入苏珊的耳朵，暗哑、短促，但有明显的节律。她半坐起来循着声音张望——她看到李格林两腿叉开蹲踞在火堆旁，脊椎前弯，胸高挺如鼓，两臂笔直撑在地上，头极力后仰，嗫着唇，嘴成"O"形。

他就是声源。

苏珊走到距离李格林两米远的地方停下，看着李格林。李格林的喉结上下滑动，声音开始拉长，越来越尖利，节奏开始放慢，间歇时，喉咙里发出沉闷的响声。随即，苏珊就听到森林某处传来一阵啸声，与李格林的声音颇为相似，但是再听，就发现了不同，就如同一首诗或者一副对联的上下阕那样吻合那样对榫，匹配得浑然天成。

这样的唱和持续了三天。每夜，苏珊流着泪，望着那个在月光下嚎叫的影子，一语不发。

第四个夜，啸声的上阕前所未有地激越，啸声的下阕前所未有地焦灼。辗转至中夜，苏珊抖成一团，她扶着树站起身，抱着战栗的肩膀走到李格林身边。

李格林！李格林！苏珊疯了似的摇晃着他的胳膊。

对诗停止，李格林歪头冲着苏珊，眼神涣散。此时他喉咙里又发出沉闷的声响，似乎是给苏珊的回答。苏珊使劲拍了拍李格林的脸，又掐李格林的大腿，指甲破皮而入——他转过身看了看苏珊,然后又把目光转向密林某处,终于发出人类的声音,她听到了我的呼唤,她回应了,明天,她就要来了。

她是谁?

她是她。

是那只猩猩吗?

那是你们对她的称呼,她什么也不叫,她就是她。

那你呢?你是谁?你忘了你是个人吗?

我?我就是我。

你就要抛弃我了是吗?

抛弃是什么意思?我不懂,我只知道她听到了我的召唤,她回答了,她没问你是谁。我知道你是谁,可我就快不知道了,你是苏珊,我在人世的女朋友。

那么现在呢?现在我是你的什么人?

我不知道,不知道你是我的什么人。你一直跟着我,从另一个世界,到现在这个世界,我不知道你为什么跟着我,我们好像根本不是同类,或者说,我们根本不在一个进化的环上……

你还记得自然法则吗?

不知……道,我不懂你说的是什么。我越来越不明白你说什么了。我现在说的也是你们的语言吗?可我怎么听不懂你说的话呢?

……

好吧。苏珊说。

苏珊和李格林并排躺在"床"上,望着椭圆形的天。天上繁星点点,大小不一,但都亮得剔透,光的尾巴垂下,就仿佛那一小片天是一口被戳漏的锅,银色的粉末不断地筛下来,撒在他们身上。

我们做爱吧,最后一次。苏珊把大腿搭在李格林的腹部,缓缓滑动。

交媾。李格林说。

清晨,苏珊醒来。苏珊不用看也知道李格林这个人没了。

再没有这个人了,她心里想。她发现自己也没眼泪可流了。她坐在那儿呼吸着林间明亮而清新的空气,觉得自己像一株植物,就要生根了,就要深入土里了。

她突然有点害怕。

等她终于站起来,她是一只动物了。走到篝火的余烬边,她又恢复了人形,趴在地上吹燃,填了几根木柴。那只兔子还在,还活着,红眼睛看着她,小脑袋随着她的动作移动。她解开兔子身上的藤,把兔子的脑袋摆放在一块平滑的石头上,一手按住,另一只手提起一根粗大坚硬的树干,挥起木棍砸下去,兔子的一只眼珠凸出来,一根鲜红的丝,悬挂在迸裂的眼眶上。

然后剥皮,取出内脏,像主妇拾掇一条鱼那样拾掇这只兔子。

2007　阿丁

阿丁，生于 70 年代，河北保定人。

做过医生、记者、编辑、出版人，现为自由职业者。著有长篇小说《无尾狗》《我要在你坟前跳舞唱歌》，短篇小说集《寻欢者不知所终》《胎心、异物及其他》《厌作人间语》，历史随笔集《软体动物》《也曾酒醉鞭名马》及文学随笔集《职业撒谎者的供述》等。

未获得过任何官方非官方文学奖项。2016 年以素人身份开始画画，次年在天津泰达美术馆举办个人油画展——"画布上的小说"。